Rainar Nitzsche: Ruf der Mondin

Der Autor

Dr. Rainar Nitzsche, geboren 1955 in Berlin, Schulzeit im Saarland, wohnt mit seinen Vogelspinnen in Kaiserslautern, wo er Biologie studierte und seine Diplom- und Doktorarbeit über das Paarungsverhalten der bei uns heimischen Brautgeschenkspinne *Pisaura mirabilis* verfasste. Er schreibt seit 1975 Gedichte, Kurzprosa, fantastische Romane sowie Sachbücher über Spinnen.

Fantastische Werke: Die PFAD-Romane, Kurzgeschichten, thematisch sortiert, die in der Nacht bei Vollmond spielen, amTag im Sonnenlicht, Im All zwischen den Sternen, Spiegelwelten, Träume von und Begegnungen mit Spinnen, Meditatives etc.

54 Nachttexte mit Rahmenhandlung - Kurzprosa und Lyrik

»Ein Mann sitzt auf einer Bank im nachtdunklen Park und dichtet dunkle Lyrik, inspiriert von der Mondin, dem magischen Trabanten, ältester Gottheit des Menschen. Rainar Nitzsche wechselt wie ein (Nacht)Falter die Blickwinkel, schöpft er eben doch aus der Mythologie, hört den dumpfen Trommelklang afrikanischer Nächte, schweift er unverhofft ab zu unheimlichen Schattenwesen, lässt Werwölfe heulen, schreckt auch vor Splattermovies nicht zurück - immer wieder unterbrochen vom sinnenden Mann auf der Parkbank, dem Roten Faden dieses kleine Lyrik-Bändchens, das man nicht in einem Zug herunterlesen kann, will man es verinnerlichen. Ein Geheimtipp!«

Alien Contact

RAINAR NITZSCHE

RUF DER MONDIN

Lieder der Nacht

Die Deutsche Nationalbibliothek verzeichnet diese Publikation in der Deutschen Nationalbibliografie; detaillierte bibliografische Daten sind im Internet über dnb.d-nb.de abrufbar.

Impressum
Rainar Nitzsche
Ruf der Mondin
Neu gesetzte, leicht überarbeitete 3. Auflage mit 5x Fotokunst als Taschenbuch (1. Auflage handsigniert, nummeriert als Paperback: 1992 im Rainar Nitzsche Verlag / 2. Auflage als E-Book 2017 bei Bookrix)
Fotografie und Effekte: Dr. Rainar Nitzsche, Titelbild: Berthold Mallmann
Computersatz: Dr. Rainar Nitzsche

© 2019 Herstellung und Verlag:
BoD – Books on Demand, Norderstedt
ISBN 9783749435838

Unsere Kinder

Ja unsere Kinder
sie fallen wie Sterne
aus den Himmeln

Sie steigen auf
Flammen
aus tiefsten Höllen

Ich will
schreien sie und weinen
Sie lächeln uns an

Morgen
singen ihre strahlenden Augen

Gewidmet
Andrea, Julia, Meike
und allen anderen Frauen dieser Erde
die mit der Mondin leben
sowie den Wesen der Nacht

Dank für Inspiration zur Rahmenhandlung: Kolping-platz Kaiserslautern und »Der goldene Topf« von E.T.A. Hoffmann. Dank Berthold Mallmann für vielfältige Kritik an der ersten Fassung und die Titelbildgrafik.

Inhalt

Prolog

Und diese langsame Spinne
die im Mondschein kriecht
und dieser Mondschein selber
und ich und du im Torwege
zusammen flüsternd
von ewigen Dingen flüsternd
müssen wir nicht alle schon dagewesen sein?

Friedrich Nietzsche

Das Herz in deinem Innern
ist voll eines Friedens
dem klaren Mondschein gleich
der die Welt durchflutet

Bassui

Stadt 1

Ich träumte, ich träume.

Was träume ich? Was träumte ich?

Nein, niemals alles! Das ist nicht möglich.

Und du und er und sie und es träumen von anderen Dingen, erträumen sich andere Teile.

Wir alle sehen, hören, riechen, schmecken und fühlen sie.

Wir alle sind Teile des Ganzen. Auch du und ich. Wir alle nehmen teil.

Schau und höre! Beginne zu lesen! Träume weiter deine Träume!

In dieser Nacht schläfst du nicht ein, denn es ist Sommer und warm und voll scheint die Mondin dort oben. Noch ist Tag, schwindender Tag. In der Dämmerung dieses Abends - werdende Nacht - lässt du dich nieder auf einer Bank, einer unter vielen rings um ein bepflanztes Zentrum. Den äußeren Kreis bilden Platanen, die die Bänke bewachen. Der Name des Ortes ist Platz. Doch es ist ein kleiner Park. Wie wundervoll passend zu deinem kleinen Zimmer unter dem Dach dieser kleinen Stadt mit Namen Kaiserslautern.

Du bist allein.

So lauschst du dem Brummen der Motoren und dem Murmeln der Stimmen, die immer leiser so fern verklingen. Du lauschst dem Säuseln des Laubes über dir. Dann hebst du dein Haupt, in den Nacken sinkt dir dein Kopf, deine Augen schauen empor in die Äste, Zweige und Blätter dieses einen Baumes. Du siehst den Nachtwind sanft die Blätter berühren, unter seinem Atem tanzen sie.

Während du aber schaust - starr deine Augen - fließen Bilder heran, Träume vielleicht, Gedanken? Von irgendwoher kommen sie singend geflogen, schweben auf weiten Flügeln, die mantagleich schlagen ohne Laut.

Du hörst ein schwarzes Wesen ein Lied singen, dort unten in der Tiefe. Du siehst Schwärme von schwarzen Faltern, Schwärme von Schwärmern sich erheben aus dem Schädel eines Toten. Du betrachtest still tauglitzernde Spinnennetze. Am Eingang ihrer Höhle lauert die Tarantelfrau. Ach, dieser lautlose Flug der Eule. Der Uhu ruft. Fledermäuse durchjagen die warme Nacht dieses einen Sommers, der nie mehr wiederkehren wird. Und du weichst flatternd ihnen aus.

Du siehst, du hörst, du fühlst, du ... blickst auf, der Vollen Mondin ins Gesicht.

Hexen ziehen auf Besen und Böcken reitend vor ihr / an dir vorüber. Von fern ein Brüllen wie von tausend Wölfen. Der Werwolf stand auf, und nun beginnt er seine Jagd. Tief in dir spürst du, wie die Schlangendrachen erwachen.

Jetzt werden Mondkälber geboren, denkst du, - und die Kinder der Mondin. Die einen mit zwei Köpfen, die anderen groß und schlank, mit grauen Augen in blassem Gesicht, werden viel Glück im Leben haben. Wirf die Knotenschnur über deine linke Schulter und deine Warzen heilen.

Die Mondin ruft dein Gestern dir zurück, die Volle Mondin ruft ihre Kinder.

Menschen wandeln mit ausgestreckten Armen über den Dächern dahin.

Ja, sie lockt die Diebe aus ihren Löchern, zu rauben, zu plündern und zu morden.

Was aber tun all die anderen Menschen?

Nein! Nicht du! Nicht ich!

Die anderen! Ja, die! Was tun sie?

Sie sitzen zuhause vor ihren Flimmerkisten - und in den Kneipen der Städte. Sie sitzen inmitten winziger tagähnlicher Inseln, die sie sich schufen als Schutz vor der Nacht und vor der Ohnmacht des Auges vor der Schwärze. Doch sie ist *in* ihnen.

Ja, sie könnte schlafen, noch immer schlafen. Aber wehe, wenn sie erst erwacht! Eines Tages vielleicht?

Eines Nachts mit Sicherheit wird sie aufstehen, wird sich die Dunkelheit erheben und das Licht für Äonen verlöschen.

All das ist es, was du siehst und riechst und hörst und fühlst, hier draußen inmitten der Stadt.

Tore öffnen sich dir in andere Räume und Zeiten.

Und alles beginnt wie ein Traum im Traum eines Traumes ... Ohne Anfang, ohne Ende, ein Traum, der ewig währt.

T R Ä U M E

Ich

Ich
bin der Tag!

Und du
meine Schwester
die Nacht?

Der Wächter der Nacht

(Meinem Teddybären, der bei Nacht über mich wacht)

Bin ich ein Penner?

Jedenfalls befinde ich mich irgendwo in irgendeiner Stadt und sitze auf einer Bank. Es ist Abend. Dann werde ich also hier auf dieser Bank die Nacht verbringen. Ich lege mich hin. Ich schlafe ein.

Irgendetwas muss mich geweckt haben. Im Halbschlaf sehe ich drei Männer. Sie kommen näher, direkt auf mich zu.

Mensch, denke ich, ob es die sind, die Penner abstechen, nur so zum Vergnügen, als Freizeitspaß und -sport, nach dem Motto Weg mit dem Dreck!? Grad' heut' davon gelesen, in 'ner weggeworfenen *Bild*.

Mist! Sie sind es! Ihre Messer springen auf. Die Klingen leuchten im bläulichen Licht der Vollen Mondin.

»Scheißpenner!«, brüllen sie, »Drecksgesindel! Jetzt wird saubergemacht!«, und stürzen auch schon heran.

Ich will aufspringen, davonrennen. O Scheiße, Mann, verdammt noch mal! Starr vor Schreck! Kann mich nicht bewegen. Das war's wohl, denke ich noch. Ade, Scheißwelt, ade!, und schließe die Augen ...

Dann ertönt da ein tiefes Brummen dicht neben mir. Ich höre Schreie: »Nichts wie weg!«, und wildes Davonstürzen.

Ich öffne die Augen, sehe nur noch Rücken. Die rennen ja, als ginge es um ihr Leben, denke ich verwundert und drehe mich um.

Neben meiner Bank steht aufgerichtet ein gewaltiger Bär.

Nanu, stutze ich, dann ist mir alles klar. »Danke!«, sage ich schlaftrunken.

Er scheint zu nicken und legt sich wie ein Hund neben mich auf den Boden nieder.

Ein Bär, der 'nen Penner bewacht. Dinge gibt's, denke

ich und schlafe wieder ein, meinen Rotweinrausch aus.

Träume gibt's, denke ich am Morgen, wache im Bett in meinem kleinen Zimmer unterm Dach auf. Also ist ja alles okay. Dann gehe ich aufs Klo, nach unten, eine halbe Treppe tiefer und schaue dort durch das kleine Fenster in den Hof. Und was sehe ich da? Dort unten im Garten liegt - ein Bär. Jetzt öffnet er die Augen. Er blinzelt mir zu.

Ich betrachte ihn still. »Dich gibt's?«, frage ich laut und denke leise: Mensch, wie viel der wohl frisst - sorry, isst? Was der wohl kostet, wenn er länger bei mir bleibt?

Ne Menge, antwortet er in meinem Geist.

O je, das wird ja immer besser: Erst der Pennertraum, dann ist da tatsächlich ein Bär und jetzt auch noch Telepathie.

Mein Wecker piepst. Ich wache auf. Es ist 6.20 Uhr. Aufstehen! Alles klar zum Start! Heute geht's los zum Sprachfest nach Braunschweig.

Tanz in den Nächten

Für H. P. Lovecraft, inspiriert von: Die Katzen von Ulthar

In der Nacht erwacht.

Über dir leuchten grüne Augen, schimmern bleich im fahlen Licht der Mondin. Weiches Fell streift zitternd über deinen Mund. Ein sanftes Schnurren hüllt dich ein in einen Traum.

Du folgst dem lautlosen Ruf von Geist zu Geist. Weit geht dein Flug. Unter dir siehst du die Erde schwinden. Weit ins Sternenmeer schwebst du. Dort, hinter den blauen Wolken aus Staub im roten Licht auf weißem Sand siehst du sie tanzen. Es sind die Katzenseelen. Schnurrend und singend in der Nacht bilden sie den magischen Kreis, Millionen sind es, alle Katzen der Erde.

Erwachend finde ich mich im Zentrum des Kreises.
Stumm schauen mich die Seelen der Katzen an.
Ich sehe sie.
Sie sehen mich.
Wir sehen durch uns hindurch.
Wir sehen.
Dann rast der Gedankenstrom heran.
Hand und Pfote sind im Geist verbunden. Wir singen, während ein endloses Meer herniederstürzt, Wasser, Urquell und All, während die Erde bebt unter Pfoten und Füßen, während du gähnend erwachst, Schildkröte, die du uns alle erträumst, uns Lebewesen der Erde.

Rasendes Drehen

Ein Traum.

Du stehst auf einem Bein im Wald.

Jetzt beginnst du dich zu drehen, rasend um dich selbst zu drehen.

Ein einsamer Wolf springt an dir vorüber - in Richtung deines Bruders.

Du rufst ihm zu, ein Ruf, der verhallt.

Aus der Drehung heraus der Schlag deines leuchtenden Schwertes, der die schwarzen Dämonen fällt.

Aus der Drehung heraus der Blitz deiner roten, leuchtenden Augen aus schwarzem Gesicht, der die weißen Engel in Höllenfeuer brät.

Die Drehung, Kreis ohne Anfang und Ende.

Du wandelst dich in einen bunten, schillernden Kreisel.

Ewigkeit! Unsterblichkeit!, denkst du, spiegelt dein Körper deine singende Seele.

Irgendwann in Ägypten

Alle knien nieder vor dem Sphinx.

Er lächelt dich an.

Wie einst die gläsernen Puppen, denkst du, auf meinem Weg zu mir.

Dann öffnen sich die Tore - in dir, die du nie zuvor gesehen.

Was ist das?, stottert deine staunende Seele einen Augenblick lang. Im Anfang war das Feuer, Atre, das Feuer, das hinter den Toren brennt, das ewige Feuer, denkst du und stehst auf - in dir. Es öffnet sich das Zentrum deiner Stirn, Ajna-Chakra, das dritte Auge, ein blaues Licht! Da kriechst du hinaus, nackt und faltig noch, so winzig klein, geboren aus blauem Leuchten. Staunend schaust du dich um, aus deiner Stirn heraus, siehst das Feuer, das hinter dem Tor brennt, siehst das Feuer vor dir. Auf deinem Rücken entfalten sich ein Paar gläserne Flügel.

»Fliege, du Fliege!«, flüstert irgendwer.

Du gehorchst deinen Gedanken. Du tust es einfach, fliegst hinaus, deinem Ziel entgegen, das dich ruft.

Starr bleibt dein Menschenkörper hinter dir zurück.

Du weißt, dass es nicht anders sein kann. Denn er gehört einer anderen Welt an. Du aber durchflatterst das Tor. Kein Feuer ist dahinter, doch ein duftendes Land. Blütenmeer der Wiese, großer roter Sonn am Abendhimmel. So tauchst du ein in die Nacht der Nächte.

Tausend Tränen

Tausend Tränen
träumt der Träumer

Tausend Tränen
in die Nacht

Stadt 2

Mondin, denkst du, hebst du die Wasser der Erde?

Ebbe, Flut! - und auch das Land. Du lässt Erde beben, bremst die Drehung dieser, deiner Schwester. So werden die Tage immer länger.

Soeben noch ihrem Bann verfallen, noch das Rauschen dort draußen in deinen Ohren, das Verklingen der Stimmen, das Singen des Laubes, welches Nachtwind und Baum zusammen schufen, eben noch, geschieht was nun?

Jetzt ist es in dir, das Rauschen. Welch ein Rausch!

Dort siehst du dich huschen - *noch* siehst du! - dann erlöschen die Bilder.

Du trittst ein in die Welt des Klangs, der Töne.

Irgendwie fühlst du, jemanden dich still betrachten.

Dann geht auch dies vorbei, und niemand bleibt dort draußen zurück.

T R O M M E L T A N Z

Rasend

Rasend schlägt
die Trommel
deines Herzens

Flucht

Sie waren hinter ihm her.

Weshalb?

War er eine Persönlichkeit des öffentlichen Lebens?

Hatte er Geld?

War er irgendwem auf die Füße getreten? (Zugegeben, er hatte Schuhgröße 47!)

Wusste er zu viel?

Nein! Nein! Nein!

Irgendwer war hinter ihm her, und er hatte keine Ahnung, warum.

Jetzt haben sie mich! Hier in dieser engen Gasse, jetzt und hier, o Scheiße, außer Atem, Seitenstechen wie früher und - verdammte Scheiße! - da ist eine Mauer direkt vor meiner Nase.

Steine! Steine!! Steine!!! Rechts, links, vor dir nur Mauer.

Du drehst dich rasend um.

Nah, so nah sind schon ihre grinsenden Fratzen. Magisch leuchten ihre Messer, die sie nun synchron im blauen Licht der Vollen Mondin schwingen. Sie kommen näher.

»Flieh!«, schreit es in dir. »Flieh, kämpfe oder stirb!«Sekunden, die sich zu Ewigkeiten dehnen. Und dein Verstand rast wie nie zuvor, wie niemals mehr: Tot! Tot! Tot! Die stechen mich ab! Bin schon so gut wie hops.

»Flieh!«, schreien Körper und zitternde Seele ein letztes Mal. Dann, während eines der leuchtenden Messer dein Gesicht erreicht, hörst du die Melodie. Sie schwillt an in deinen Ohren, tief in dir, in deinem Kopf. Deine Seele singt ein Lied, eine deiner eigenen Klangkompositionen, die du einst dir schufst, die du wiederfandst im verlorenen Schatz alter Zeiten. Du singst es, du summst es, du wandelst dich in dein Lied.

Und sie, die du nicht mehr siehst mit geschlossenen Augen, sie, deren Hände dich jetzt ergreifen, deren Messer in deinen Körper stechen?, was ist mit ihnen?

Sie sind Krächzen, nichts als in der Ferne verklingende Geräusche. Dort draußen wandeln sie im Schattenreich, jenseits deiner Welt, so weit entfernt. Dort vergehen sie, wo du nicht bist. Denn dein Lied ist deine Heimat.

Hier bist du Gott, hier ist die Welt, die du einst dir erschufst. Hier kriegen sie dich nie. Schon hast du sie vergessen. Und du singst deine von dir geschaffenen Worte, deine Gedichte, die niemand in dieser Hölle verstand, aus der du nun geflohen bist. Deine Worte singst du dir nun endlos vor, so glücklich, lächelnd und eins.

Tanz in die Nacht

Der rasende Tanz.

Dort unten in der Tiefe dröhnt der Boden. Die Erde vibriert, deine Füße stampfen den Rhythmus der Trommel. Und darüber ein sehnender, singender Ton, der deine Seele ergreift. Der rasende Tanz, der dich ruft, der dich *packt*.

Und schon bist du mitten drin. Und du tanzt und tanzt und tanzt. Während deine Füße den Boden trommeln, während dein Körper sich windet und deine Seele schreit, bricht nur *ein* Gedanke hervor: Niemals wird er enden, dieser Tanz, dieser rasende Tanz, dieser rasende Tanz in die Nacht.

Und so ist es.

Andernorts

Sie drehte sich zu den Klängen orientalischer Musik, hob die Arme empor, schlängelnd empor im Rhythmus ihres kreisenden Bauches. Eins war sie mit dem Klang in dieser Nacht unter der Vollen Mondin im Wüstensand Arabiens. Endlos sang das Lied in ihr und in den Köpfen der lauschenden Männer, sang im Feuer ihres Lagers. Endlos tanzte ihr Körper, endlos sang ihre Seele.

Andernorts zu anderer Zeit hob eine andere Frau ihre Arme empor, drehte sich im flackernden Licht der Disko, Zeitlupentraumtanz, dann wieder von Lichtblitzen zerhackte Bilderfolgen, ruckartiges Bewegen im Lichtgeblitz des Stroboskops.

Ich sah sie. Ich sah ihr leuchtendes Gesicht, ihre vor Glück weinenden Augen. Wie schön sie ist, welch eine Anmut!, dachte ich.

Dann sah ich ihre Arme, ihre schlanken grazilen tanzenden Gazellenarme sich sehnend zur Decke hin strecken, sah es fließen. Es war nicht rot im roten Licht der Diskothek, aber flüssig, aber sprudelnd und spritzend. Mein Gott, welche Mengen! Doch es musste *ihr* Blut sein, das aus den zerfetzten Armarterien spritzte. Und noch immer wiesen die Innenflächen ihrer Hände nach oben. Blüten, schwarze Gebilde, Stängeln gleich, tauchten nun in den Zentren ihrer Handflächen auf, begannen zu sprießen, sprossen nun immer schneller, entfalteten ihre schwarze Blütenblätter, öffneten sich und schossen dem roten Licht entgegen.

Endlich konnte ich meinen Blick von diesem zauberhaften Bild lösen und sah mich um: kein Mensch im Raum!

Schaute dann wieder empor zur Bühne: Auch sie war leer, bis auf ...

Ja, dort stand ein blühender Baum, schwarze Blüten wiegten sich im immer leiser werdenden Sound.

Schau! Der Baum trägt ganz oben als Spitze das Gesicht einer lächelnd träumenden, hübschen jungen Frau.

Ich kannte dieses Gesicht von irgendwoher. Ich hatte irgendetwas Wunderbares wieder vergessen, etwas, das vielleicht gerade erst geschehen war. Konnte mich beim besten Willen nicht mehr erinnern. Totale Amnesie. Aber eines wusste ich noch sicher, ich kannte dieses Gesicht. Ich hatte es irgendwo schon einmal gesehen und auch ihren schlanken sich wiegenden Körper.

Ich ging hinauf zu ihr, betrat die Bühne und setzte mich neben den Stamm des Baumes, der schwarze Blüten trug, fühlte den betäubenden Duft mich erfassen, die Nebel aufsteigen und dann Schwärze, nichts als Schwärze.

So begann ich zu träumen - von einer Disko, in der viele junge Leute tanzten, träumte von einer jungen hübschen Frau mit schlankem sich wiegenden Körper. Dort oben auf der Bühne sah ich sie endlos tanzen. Ströme von Blut spritzten aus ihren Armen, ganz weit oben, fast unter der Decke, unterhalb der mit den Innenflächen nach oben weisenden Hände.

Wollte schreien: Nein!, schrie nicht, war starr, schrie nicht, sah hin, sah schwarze Blüten aus ihren Händen wachsen, nach oben, zur Seite, dem roten Licht entgegen, sah ihre Füße, ihre Beine, ihren Unterleib, alles von ihr von unten nach oben nach und nach erlöschen, sah zur gleichen Zeit einen Stamm aus dem Boden wachsen, sie ersetzen, bis ein Baum an ihrer Stelle stand, dessen Zweige, dessen Blätter, dessen Blüten sich zu den Klängen der immer mehr entschwindenen Musik wiegten. Nur ihr Gesicht sah ich noch, dort oben den Wipfel des Baumes bilden, und auch zwei Äste, einst vielleicht ihre Arme, schienen sich mehr als all die anderen neben ihnen zu wiegen.

Das alles war. Das alles geschah.

Jetzt jedoch begann ich emporzuklettern, Ast um Ast den Baum zu erklimmen, hin zu ihr, näherte mich mehr und mehr ihrem Gesicht, ihren rehbraunen Augen, ihrem langen braunen Haar und ihren so sinnlichen Lippen, war ihr so nah, bereit sie zu küssen und aus dem Blütentraum zu erlösen.

Fast hatte ich sie erreicht, da brach ein Ast unter meinen Füßen, und ich fiel und fiel und fiel ...

Und noch immer falle ich durch Schwärze.

Und ich weiß, dieser Fall wird niemals enden.

Die Stimme

Eine Stimme (deine Stimme?) in deinen Ohren, in dir. Worte, die du nicht verstehst.

Dann kommen die Echos, wie Wellen, die Brandung des tönenden Meeres, Wellen an den Ufern deiner Seele, sie schlagen empor. So stürzt die Echoflut über dich hinweg.

Und erst die Bilder:

Bäume - Birken und Platanen - scheinen erstarrt im Sturm.

Bunte Blätter segeln zu Bo ..., nein, sie stehen, schweben in der Luft.

Die Zeit - Zᴇɪᴛ ... Zᴇɪᴛ ... Zᴇɪᴛ, denkt es in dir - steht still. Du weißt, niemals werden diese Blätter die Erde erreichen. Wie mag das nur sein, ewig lautlos im Sturm zu schweben?

Ja, jetzt schweigt auch die Stimme in dir, der Gedankenstrom erlischt. Du ...

Ruf

So tauchst du ein
in die ewige Nacht
der vollen Mondin
die dich ruft
die dich r u f t
ohn' Unterlass

Tränen
weinst du

Nacht
aus der du
nie mehr
wiederkehren wirst

Stadt 3

Dann tauchst du wieder auf aus der Welt der Schwingungen. Deine Augen öffnen sich unter den Zweigen und Blättern des Baumes über dir. Wie doch die Zeit verfliegt hier draußen! Es ist tiefe Nacht. Noch immer sitzt du da auf der Bank. Du schaust dich um, erinnerst dich: Wie oft hörtest du den Ruf, etwas in dir, das dich fortzog in andere Welten und Dimensionen, hinweg von dieser Erde und dieser Zeit.

Wie still das Meer war, nach dem du dich so sehntest. Du saßest am Strand und sahst hinaus. Lange Zeit geschah nichts, und auch deine Seele schlief, betäubt.

Dann aber tauchte empor aus den Wassern der Krebs. Am Ufer standen Hund und Wolf und blickten auf zur Mondin. Warst du nun Wolf geworden oder Hund?

Namen hörtest du flüstern, schreien tausend Stimmen. Dort auf den Hügeln, in Kreisen aus Feuer und Stein, dort als Rauch im Rauch, dort als Nebel im Tal riefen an Priester und Priesterinnen längst vergangener Zeiten Mond, MondIn und Mondin.

Worte in deinen Ohren, Sprachen, die du nie zuvor gehört, gesungen, gesprochen, gestammelt, gelacht, geweint, die immer wiederkehrenden Namen des Mondes:

Aglibol, Alako, Almaqah, Amm, Arebati: Vater, Herr des Mondes, der du die ersten Menschen erschufst, den Leib aus Lehm, Blut gabst du hinein.

Arma, Candra: Zehn weiße Rosse ziehen deinen leuchtend weißen Wagen, und auch du in weißem Gewande bist von weißer Farbe …

Chons: Herr der Zeit, Sichel und Scheibe zugleich, der die Nacht durchwandelt und Schu, Träger des Himmels.

Daramulum, Hilal, Itzamna, Jarih, Joh, Kaschku, Kemwer: Schwarzer Stier, linkes Auge des Mondes.

*Kuschuh, Mah, Man*i: Bruder der Sonne, der das Mondgefährt am Himmel lenkt, bis dass der Wolf dich verschlingt.

Marilaha, Men: Herr, Herrscher über Himmel und Unterwelt; Pflanzen lässt du gedeihen und Tiere.

Meness, Menulis, Nanna: Aschimbabbar, Gott von Ur, Herr des Schicksals, dessen Aufgang strahlend ist und der du in einer gleißenden Barke über den Himmel fährst.

Napir, Nareau: Himmel und Erde formte die alte Spinne aus einer Muschel, und Nareau zeugte Nareau, die junge Spinne, der aus den Augen seines Vaters Mond und Sonne formte, und aus seinem Rückgrat den Ahnenbaum, aus dem wir Menschen wuchsen.

Quiot, Schelardi, Si: Im Hause des Mondes rufen wir dich an, und ohne Ende fallen die Regen.

Sin, Suin: O glänzendes Boot des Himmels, mondsichelbehörnter Stier, Herr des Schicksals, Richter über Himmel und Erde.

Soma: Dich trinken aus der Schale des Mondes, was für ein Rausch!

Ta'lab, Tecciztecatl: Der aus dem Land des Meerschneckengehäuses kam. Schlagen die Götter dir ins Gesicht, verblasst der Mond.

Thot: Gott der Zeit, geboren aus dem Haupte Seths. Das Mondauge fandest du wieder, der du, voll des Zaubers, die Seelen der Toten geleitest.

Tsukyami, Wadd: Du, Schlange der Liebe und Schlange der Freundschaft.

Und etwas in dir erinnerte sich an ein Buch, in dem irgendwer einst Worte las, Worte, um MONDIN, das ist Mond und Mondin zugleich, er und sie in einem, zu rufen: *Kunnecup-Kamuy, Mawu:* Schwester der Sonne, der du die Geister schufst. *Mawuviwo*: Geber aller Dinge.

Doch die Erinnerung verschwamm in deinen Ohren zu Rauschen, und die Bilder wurden zu Schnee, und alles wurde dunkel. Irgendetwas Rundes, Weißes dort oben leuchtete in der Schwärze. Und nichts nahmst du mehr wahr von dieser Welt, in der du saßest, nichts außer den Worten in dir, die so viele Menschen riefen, an allen Orten, in allen Sprachen dieser Erde. Noch immer rufen sie, nicht mehr Mond noch MondIn, Mondin rufen sie nun in zahlreichen Sprachen:

Bimbajo, Chia, Diana: Leuchtende Göttin in langem weißen Gewand. Mit Fackeln in den Händen tratst du mir entgegen im Wald.

Heng-e: Deinem Gemahl stahlst du die Pille der Unsterblichkeit.

Hina, Ilazki, Isis: Eschu, Ese, Auge des Re, Herrin des Sirius, gib Schutz den Toten mit deinen Flügeln, du Zauberreiche, die du mein Schicksal bist.

Ixchel, Juno Caelestis, Kuma: O große Göttin, gemeinsam mit Jaguar, mit Wasserschlange schufst du Welt und Menschen. Im Jenseits herrschst du, im Westen, wo die Schamanen dich erblicken, nur sie, nur wir.

Le-hev-hev: Du verschlingende Schwarzmondgöttin, große Krabbe, heute opfern wir dir nur Schweine.

Luna, Marama, Nikkal, Pasiphae: Du allen leuchtende Tochter des Helios. Poseidon, dem Stier gebarst du Minotaurus, deinen Sohn.

Pele: Du bist Hima-ai-malama, das ist Hima, die die Mondin isst, Herrin des Blitzes.

Perse, Phoibe, Quilla, Selene: Mene, Glanz und Licht, die uns schützt.

Tinnit: Spenderin der Fruchtbarkeit und Angesicht des Baal.

Xochiquetzal: Göttin der Liebe und Herrin der Pflanzen.

Namen, Namen, Lobpreisung über Lobpreisung in Ewigkeit.

So küssen die Menschen die Erde, neigen ihre Häupter in Vollmondinnächten, verneigen sich vor der aufgehenden, abnehmenden, untergehenden Mondin. Sie alle, wir.

R U F

Du schaust empor

Du schaust empor
Schwärze
Dunkle Linien siehst du
im gelben Licht
der leuchtenden Scheibe

Die Mondin schreit
in deinen Augen

Du schaust empor
noch immer gebannt

Ewig wirst du hier stehen
Ewig und starr
während die Wölfe sich sammeln

Einsamkeit und Schrei

Der Schrei des einsamen Wolfes, der dich ruft in dieser Nacht, der dich ruft!

Und du erinnerst dich an all die anderen. In seinem Gesang hörst du wieder den einen Ton. Er kommt aus deiner Kehle - mit nach vorne gezogenen Lippen, weit geöffnet den Mund, die Ohren zurückgelegt, den Kopf nach oben, die Augen empor -, das langgezogene uuuuu, dann Pause, dann wieder und wieder ...

Einer fing an zu rufen, wir folgten, wir alle. Wir können nicht anders, es ist ein Zwang. *Du musst!*, singt es, schreit es, brüllt es aus tiefster Seele.

Und du tust es. Du öffnest deinen Mund und ...

Dann ist da nur noch der Schrei, der Ruf, das Lied.

Wir! Kontakt! Revier!

Abend ist es. Die Jagd beginnt!

Dᴉᴇ - Dᴇʀ

Dᴇʀ zwischen den Sternen tanzt
Dᴇʀ über die Wasser schreitet
Dᴇʀ in die Spiegel deiner Seele schaut

Dɪᴄʜ sieht Eʀ hier

Dɪᴇ mit dem Geistern spricht
Dɪᴇ das Blut der Mondin trinkt
Dɪᴇ in der Nacht Dɪᴄʜ ruft

Dᴇʀ in die Spiegel deiner Seele schaut
Dᴇʀ über die Wasser schreitet
Dᴇʀ zwischen den Sternen tanzt

Dᴇʀ Dɪᴄʜ hier sieht

Dɪᴇ in der Nacht Dɪᴄʜ ruft
Dɪᴇ das Blut der Mondin trinkt
Dɪᴇ mit dem Geistern spricht

Du hörst den Ruf

»Nein!«, brüllt dein Körper
»N e i n!«

Doch du erhebst dich
deine Arme empor zu den Sternen
deine Augen ins Mondinlicht getaucht
Ich komme, singt deine Seele

Dann springst du
den Abgrund hinab
ins Höllenmeer

Stadt 4

Wieder beginnst du zu träumen, zu sehen.

Oder träumst du noch immer?

Nun aber hast du dich verwandelt. Und rasend schlagen die Schwingen der Nacht.

Schwärmer fliehen vor der Fledermaus. Wellen gegen Wellen, heißt der lautlose Kampf, den kein Mensch mit seinen Ohren hört.

So kannst du entfliehen und tust es noch immer in taumelndem Flug durch die Wärme dieser nie endenden Nacht. Dir folgen die mächtigen, lauschenden Ohren, die dich jagen.

So fliehst du noch immer dem Licht, dem sanften, rufenden Licht der Vollen Mondin entgegen, das dich leitet, das dir hilft auf deinem Flug zu *ihr*.

Unter dir siehst du etwas blutbesudelt aus einem Tunnel jagen. ES kriecht aus der Erde.

Unter dir siehst du die Berge brennen, dort hinter der Stadt.

Unter dir hörst du sterbende Wölfe heulen. Und dir ist, als wärst du einer von ihnen.

Unter dir, o nein, *in* dir fühlst du die Kinder der Nacht sich erheben aus ihren / deinen Träumen.

KINDER DER NACHT

Dort

Dort
siehst du sie
auf ihrem langen Zug
zum Morgen

Sie gehen
die Wege
der Nacht

Geh nicht hinaus!

Einst hörte ein Wesen der Nacht den Ruf des Sonns. Da wusste es, wusste er, dass die Zeit gekommen war, die Zeit zum Aufbruch.

Die anderen warnten ihn noch. »Geh nicht hinaus!«, riefen sie ihm nach.

Doch er wollte, konnte nicht hören, denn er war die Neugierde selbst, voller Abenteuerlust. Ihn lockte das Unbekannte, der Raum dort draußen, die andere Zeit, die die anderen nicht kannten und niemals kennen lernen würden.

Ich gehe, weil ich gehen muss, dachte er bei sich ohne eine Antwort zu geben.

Und seine große Familie weinte dort hinten in der Tiefe der Höhle um den verlorenen Sohn und Bruder. Denn sie wussten, dass sie ihn niemals wiedersehen würden.

»Geh nicht hinaus, nicht zu dieser Stunde der Nacht, wenn schreckliche Wesen dort draußen lauern, namenlose Wesen! Sie werden dich finden. Denn wo du blind bist, können sie sehen. Sie werden dich packen. Sie werden dich fressen. Niemals werden wir dich wiedersehen. Bleib!«, sprachen sie ein drittes Mal - vergeblich, »*Geh nicht hinaus* in diesen grellen weißen Teil der Nacht! Denn draußen lauert der Tod für uns alle.«

Er ging hinaus in den gleißenden Tag.

Er kehrte nie zurück in den Schoß seiner Mutter Nacht.

Es stand auf in der Nacht

Wenn die Nacht braust in unseren Ohren, die toten Seelen ihre Lieder singen und die Wölfe heulen unter bleicher Voller Mondin, dann steht Es auf aus den Tiefen der Erde.

Und Es, erwacht, bricht empor aus Seinem Schlaf, Es, das da träumt seit ewigen Zeiten.

So steht Es auf in Seiner Schwester Nacht.

Es schreit den ersten Schrei seit Äonen hinaus und hinauf ins Sternenmeer.

Es hat ja solchen Hunger.

Und dann heulen die Wölfe nicht mehr, noch singen die toten Seelen ihr Lied, dann braust die Nacht nie mehr in unseren Ohren.

Denn Es stand auf aus seinen Träumen, und wir alle sind in ihm.

Wolfsangel

Wolfsangel, so lautet der Name einer Straße in Kaiserslautern.

Du erinnerst dich, Bilder.

Dort - du riechst seine Angst, seine Schreie hallen wider in deiner Seele - dort hängt er an einer Angel, dort oben über dir: Das Fleisch im Mund, brüllend vor Schmerzen hängt er dort am Haken.

»Bruder!«, rufst du ihm zu und schaust empor.

Oh, diese Bestien, Menschen nennen sie sich, die uns treiben und jagen!

Du warst der erste bei ihm - bei ihr.

Jetzt kommen die anderen.

Wir bilden den großen Kreis.

Wir singen dein Totenlied.

Wir kürzen dir deine Schmerzen.

Ein letztes Zittern deines Körpers. Glasig schauen deine Augen - nicht mehr in die Dunkelheit, denn Wolken haben die Mondin bedeckt.

Was für eine Nacht!

»Lasst uns laufen, lasst uns leben!«, spricht die große Wölfin.

Also folgen wir ihr.

Werwolf

Ein Wolf?

Ein Mensch, der den Pakt mit dem Teufel schloss, der den magischen Gürtel trägt, eingerieben mit einer feurigen Salbe.

Dort siehst du ihn, mit glühenden Augen durch die mondinbeschienenen Nächte rasen.

Ach Frau, er riecht dich, er sieht dich, er schlägt dich nieder, nimmt dich, zerfetzt deinen schwangeren Körper.

Denn das, was er liebt, sind die Herzen der ungeborenen Kinder, so zart, noch zuckend und schlagend!

Schau, schon schlingt er sie hinunter.

Der Tunnel

Der Fußgänger taucht ein in das Dunkel des Tunnels.

Vor dir geht ein alter Mann. Langsam bewegt er sich im Zeitlupentraum Schritt für Schritt voran.

Aus dem Licht des anderen Tunnelendes stürmt brüllend ein Wesen heran.

Blitzendes Messer!

Der Alte stürzt ohne Laut.

Und ehe du es begreifst, hat es dich erreicht, trifft dich der Stahl der Klinge, brichst du zusammen, liegst du sterbend auf der Erde, während hallende Schritte enteilen.

Dies alles ohne ein Wort.

Dies alles in Sekunden.

So also, denkst du noch, so also ...

Ich komme!

»Ich komme!«, rief er in die hereinbrechende Nacht.

Brechend?

O ja!

Herein?

Nein! Das nun gerade nicht! Aber auf-, ja aufbrechend, das ist das Wort für das, was nun folgte:

Sein Rücken brach auf, schwarze Flügel entfalteten sich, Fledermausohren wuchsen ihm.

Ein Wesen des Tages, ein Mensch, ein Mann, der sich kleidet für die Feste der Nacht?

»Ich komme!«, rief sie in den dämmernden Tag.

Sie streifte ab ihr Katzenfell und wurde Mensch.

Ein Wesen der Nacht, eine Frau, die sich kleidet für den hereinbrechenden Tag.

So suchte er sie in der Nacht, in dieser einen ersten und allen, die ihr folgten, in jeder Nacht seit ehedem und - fand sie nicht. Denn sie schlief verborgen in einer Höhle, die er fliegend nie erspähen konnte, schlief, um munter zu sein für den Tag und die Suche nach ihm.

So suchte sie ihn am Tage, an jedem Tag, der diesem ersten Tag aller Tage folgte, an jedem Tag seit ehedem und fand ihn nicht. Denn er schlief verborgen in seinem Zimmer unter dem Dach, verborgen in einer kleinen Gemeinschaft, verborgen in einer kleinen Stadt. So verschlief er den Tag, um munter zu sein für die Nacht und die Suche nach ihr.

Wissen

»Es gibt keinen Gott«, sagte der Kosmonaut in russischer Sprache, damals, als »Kommunismus« noch »in« war, ja damals. Er sagte es einem, der ihn danach fragte oder doch nicht, von sich aus etwa? (Ich weiß es nicht mehr). Er, der als erster Mensch in einer Kapsel aufgestiegen war, die Erde zu umrunden. »Ich sehe ihn nicht hier oben im Himmel, also gibt es ihn nicht!«

Andere beschreiten andere Pfade auf ihrer rastlosen Suche nach der Wahrheit, o ja, sie gehen andere Wege, was für Irrwege!

»Nun bist du mein!«

Er hatte sich eine junge, hübsche Frau gefangen, irgendwo irgendwann in einer kleinen Stadt, eine Frau, deren Namen er nicht kannte. Der interessierte ihn nicht, ganz und gar nicht!

Ja, zugegeben, sein Opfer hätte auch ein Mann sein können, selbst ein alter Mann hätte genügt. Aber es war wohl doch der Sexualtrieb, der ihn bei seinen Exkursionen hinaus in die Nacht leitete, hinaus in die lauen Sommernächte. Ab und zu fing er sich 'was - o sorry - jemanden ein.

Ich muss es wissen!, schrie es in ihm, tief in ihm. Ich muss es wissen!

Sie lag geknebelt und gefesselt an Händen und Füßen vor ihm auf einem Bahrenwagen. Wie im Krankenhaus, dachte sie, und da kommt ja schon der Onkel Doktor.

»Keine Angst! Ich will nichts von dir. Ich werde dich nicht vergewaltigen. Nur keine Angst«, sprach er mit sanfter Stimme. Er saß neben ihrem Oberkörper auf einem Stuhl.

Dann zog er seinen Besteckwagen heran. Ich muss es wissen! Ich muss es wissen! Immer wieder schrie es in ihm und trieb ihn. Es in ihm war unersättlich und rief ihn in den Rausch zurück. Er lächelte.

Sie sah es. Sie wusste es. Sie verstand sofort. O mein Gott, dachte sie, er tut es, lass mich nichts spüren, schick mir Ohnmacht, schick mir sanftes Entschlafen, bevor alles beginnt.

Doch ihre Gebete wurden nicht erhört.

»Mach auf die Tür, dies Tor mach weit!«, begann er laut zu singen und nahm das kleine Beil vom Wagen. Und wie er glänzte im Licht der Schreibtischlampe, der neue Stahl, so scharf geschliffen. Wie schön, sie fällt nicht in Ohnmacht, sie sieht alles, sie wird alles spüren. Es wird gelingen, ach wie wunderbar! Dann stand er auf, hob seinen rechten Arm mit dem Beil, holte aus und schlug zu, traf ihren Kopf, traf sie in die Mitte ihrer Stirn. Und schlug und schlug und ...

Psycho mit Beil, ohne Dusche, ohne Mutter!, waren ihre letzten Gedanken, als sie schreiend starb.

Nun, da er ihren Schädel gespalten hatte, warf er das Beil in hohem Bogen von sich. Mit offenem Mund sah er das Blut und ihr Hirn und ihren geöffneten Kopf, einen Augenblick lang sprachlos vor Staunen.

»Ich habe es getan!«, rief er dann voller Stolz.

»Doch wo ist sie? Sie ist nicht da! Nichts! Keine Spur von einer Seele!«

Dann ein Murmeln aus seinem Munde, monoton wie ein Gebet: »Keine Seele, keine Hölle, keine Verdammnis! Nichts nach dem Tod! Alles nur hier!«

Später - er hatte inzwischen ihren Körper im Garten begraben - war da wieder so ein Pochen, ein Fragen, ein Stöhnen, ein Flüstern und Wispern, eine Ahnung in ihm: Und wenn sie entfloh, unsichtbar in dem Augenblick entwich, als ich das Tor für sie öffnete?

Ja, ich muss aufmerksamer sein beim nächsten Ma... Ob Mann, ob Frau, beim nächsten Mal wird alles besser! O ja!

Das Lied der Mondin

Die Erben des Fluchs, so lautet der deutsche Titel einer Fernsehserie, mehr nicht! Nicht mehr?

Er hörte das Lied, er hörte die Erkennungsmelodie zu Beginn, dann wieder am Ende des Filmes, er lauschte ihr gebannt. Dann begann er sich zu erinnern. »O mein Gott!«, schrie es in ihm / aus ihm, und alles brach auf. Diese uralte Melodie, irgendwo hatte er sie schon einmal vernommen, irgendwo in einer Nacht vor langer Zeit:

Grinsend aus schwarz befelltem Gesicht sah ich empor in das magische Licht der Vollen Mondin. Sie hatte gerufen, ich war ihr gefolgt. Und nun war Mitternacht. Grillen zirpten.

So stand ich da auf einer Lichtung im Wald, im tiefen dunklen Wald, aus dem ich kam, in den ich wieder gehen würde, und lauschte verzaubert und grunzend dem Elbenlied. Denn ein winziges geflügeltes Wesen saß dort unten in einer Glockenblume dicht vor meinen schwarzen Füßen und sang mit heller Stimme.

Und schon begann auch ich in tiefem Bass zu summen. Doch meine Stimme klang ganz anders: so tief, so schief. So lauschte ich wieder ihr. Tränen sang sie aus meinen Augen. Tränen flossen herab, und ich schrie auf bei diesen Klängen und hörte nicht auf zu schreien.

Und schreiend begann der Wandel: Alles brach auf, zuckend wälzte ich mich unter dem Mondinlied, das nun, immer leiser werdend, langsam verklang - der Glockenblumenelf flog davon.

Wieder war mir das Wolfsfell zurückgewachsen. Brüllend stand ich auf und sah die Mondin hinter schwarzen Wolken verschwinden. »Alles fort!«, jaulte ich auf vor Schmerz: »Das Lied, die Mondin, alles fort!« Brüllend schlug ich mir die Fäuste an die Brust. Und ich trommelte und trommelte den Rhythmus dieses Liedes immer und immer wieder hinaus in die Schwärze der Nacht.

Irgendwann aber stellte ich alles Trommeln ein, ließ es sein, denn nichts geschah. Jetzt begann ich zu rennen, rannte durch das hohe Gras, ihm nach, dem Lied, dem Klang, dem Elf, hin zu ihm, in die Richtung, in der es leise verklang, mein Lied, das Lied meiner Liebe, das Lied des kleinen Elfen, welches er zu Ihren Ehren sang, zu Ehren meiner Göttin Mondin.

Der da tanzt

Der da tanzt in der Nacht
unter den Linden
ach lautlos tanzt
beim Klang der Kirchenglocken
über das Pflaster über den Stein
die zwölfmal schlagen
er ist es

Er ist es
zu dem es dich zieht
jetzt
sofort
ihn zu fesseln
zu umgarnen

Doch den ewigen Tänzer
fängst du
Spinnenfrau
nie

Die Straße

Endlos zieht sich vor mir hin die Straße.

Noch habe ich sie nicht betreten. Dort, weit in der Ferne biegt sie ab ins Schattenreich, ins Nebelland. Hinter dieser Straße, auf der anderen Seite (immer auf der anderen Seite) lauern die glühenden Augen. Sie sehen aus wie die von Wölfen. Und sie warten. Warten auf die, die da kommen werden, die Straße entlang. Warten auf Menschen. Warten auf das Anwachsen ihrer Zahl. Warten nicht mehr lang.

Jetzt drehen sie ihre Köpfe. Augen leuchten mich an, Ohren und Nasen lauschen und wittern.

Aus welcher Richtung weht der Wind?, frage ich mich. Doch die Luft scheint still zu stehen. Stille düstere Nacht. Kein Stern zu sehen. Schwarze Wolken verstecken den Himmel. Seltsam jedoch ist: *Ein* Fenster lassen sie frei, das Fenster für Luna, die Mondin. Und der Mondin Licht verzaubert die Welt.

Es ist aus!

Sie schleichen heran. Ihre glühenden Augen kommen näher und näher, n ä h e r.

Meine Seele schreit! Entsetzen. Es ist aus. Sie haben mich bemerkt. Was soll ich tun?

Festgewachsen, unfähig zu fliehen, will ich meine Füße heben und rennen, rennen, r e n n e n.

Ich sehe mich um. Noch haben sie mich nicht erreicht. Ich stehe zwischen Büschen, Sträuchern, jungen Bäumen. Und ... was ist das?

Ich schaue nach unten! Wurzeln wachsen mir aus den Füßen und Äste aus meinen Armen. Dann beginne ich mich im Wind zu wiegen, im nächtlichen Wind, der nun wieder weht, woher, wohin, weshalb auch immer, ein kühler Strom in dieser warmen Sommernacht. Zweige wachsen mir aus Brust und Kopf. Spüre keine Schmerzen. Jetzt sprießen überall Blätter. Wahrhaftig, wundersam blühe ich auf. Bin Strauch geworden, Strauch unter Sträuchern. Ein vages blasses Erinnern noch … Dann kommen die nächtlichen Träume, Pflanzenträume, Träume von Wesen, die weder Gehirn noch Nerven kennen. Und der kühle Nachtwind weht noch immer.

Schnüffelnd, unruhig, hin und her laufend durchsuchen die Wölfe die Sträucher. Sie sehen ihn nicht, sie riechen ihn nicht mehr. Sie finden ihn nicht, den Menschen, den sie gerade eben noch wahrgenommen haben. Schließlich trotten sie frustriert davon, kehren auf ihre Posten zurück, heben die Köpfe und heulen.

Von fern aus dem Nebelland, dem Schattenreich, hallt es wider und wider, ist Widerhall, ist Echo, das nicht enden will. Tausende der ihren müssen dort versammelt sein, in dieser Nacht. Sie alle kamen zur Jagd, deren Zahl sich nur ganz selten durch einen einsamen Wanderer vermehrt. Sie warten nun nicht mehr, sondern machen sich nun auf in die Dörfer und Städte der Menschen, wo Millionen Opfer auf sie ahnungslos warten. Heute unter dem magischen Licht der Vollen Mondin soll es geschehen, heute Nacht.

Einer aber, der einst Mensch war, ist Teil eines anderen Traumes geworden, Angehöriger eines anderen Reiches, ist Pflanze nun.

Geburt

Es geschah in der Nacht im Licht der Vollen Mondin. Er ging hinaus, folgte dem lautlosen Ruf. Draußen auf der Straße sah er empor. Und die Mondin war blutendes Feuer, so rot wie Blut.

»Oh«, stöhnte er, den Kopf in den Nacken geneigt, den Blick empor, den unter dem dunklen Nachthimmel dahinrasenden schwarzen Wolken entgegen, die alles Sternenlicht verdeckten, alles Licht bis auf ihren Schein. So hüllte sie ihn ein in schwarzer Nacht, und ihr rotes Licht streichelte sanft sein Gesicht.

Das war zu viel. Seine Stirn sprang auf. Ein Spalt tat sich auf, ein Riss durch Nase und Mund hinunter zum Hals. Und weiter hinab raste der klaffende Spalt durch seinen Körper. Er war nicht tief. Niemand und nichts zerriss ihn in zwei Hälften. Es war mehr ein Öffnen der Haut. Rotes rohes Fleisch, lebendig zuckend, noch immer zuckend brach blutend hervor. Seine Kleidung fiel brennend von ihm ab.

Zeitlupenblick. Er sah an sich hinab. Nichts hatte er bisher gespürt. Jetzt aber sah er und schrie. Nein, nicht sein gespaltener Kehlkopf, nicht seine gespaltene Zunge, nicht sein gespaltener Mund, nicht seine tönende Stimme brüllten auf, seine Seele war es, die schrie und schrie den endlosen Schrei *Geboren*. »Niemals werden diese Qualen enden!«, brüllte sie, diese Schmerzen des Gebärens, die er als Mann noch nie erlebt.

»Metamorphose«, krächzte eine andere Stimme in ihm, tiefer, unter dem schrillen Schrei. Bald kommt der Morgen, am Morgen wird alles enden, dachte etwas irgendwo in ihm, irgendwo murmelnd in weiter Ferne.

Doch nie wieder würde er den Beginn eines Tages erleben, *er* nicht mehr! Denn die alte Hülle Mensch fiel von ihm ab. Ein neuer Körper, schwarz wie die Nacht und rot wie die Mondin brach hervor. Doch noch musste er warten, sich erholen und trocknen, auf dem kalten Pflaster der Straße liegen.

Was tat er da?

Er lauschte den Vibrationen. Er sah restlichtverstärkt hinaus in die Welt der ewigen Nacht, die dem Menschen so fremd ist, die der Mensch fürchtet und meidet, die der Mensch vergeblich zu wandeln sucht in lampenerleuchteten Tag.

Dann wühlte er sich ein, wühlte sich mit stählernen Klauen durch den Asphalt der Straße hindurch.

Mutter, ich komme, dein Sohn sucht Schutz in dir vor dem Tag, dachte er ihr zu.

So wühlte er sich hinein in die Erde, verbarg sich in ihr, um zu schlafen, voll von Grauen vor dem heranziehenden Morgen.

Der Sänger

Er sang ein Lied. Nie zuvor hatte er es getan. Er sang es aus voller Kehle.

Oh wie schön!, dachte er so glücklich. Ach, ich kann singen!, lachte er, der so alleine war.

Die Erde bebte, tief grunzte, grölte, krächzte irgendetwas in ihr.

»O mein Gott, was ist das?«, fragten sich die Menschen. Denn alle Töne klangen so tief, so schief. Sie hielten sich die Ohren zu, drehten die Fernseher lauter, setzten ihre Kopfhörer auf.

Er aber sang glücklich weiter sein Lied, dort unten, tief unter der Erde, dort, wo Nacht ewig währt und niemals Tag noch Abend noch Morgen sind.

Er aber sang sein Lied.

Hinter der Stadt

Die Berge brennen, denn ES steht auf aus seinem Schlaf, steigt empor aus dem Tal in die klare Sternennacht.

Wir sehen ES funkeln in tausend wirbelnden Farben. Wir hören seinen Schrei »Geboren!«

Lange stehen wir noch auf den Hügeln.

Dann sehen wir nur noch Schwärze.

Noch immer brennen die Berge hinter der Stadt.

Der Wurm

Du schreist.
Dein Bauch zerreißt.
Es wiegt sich der Wurm.
Von irgendwo ein sanftes Lied.
Noch lebst du.

Du schaust ihn staunend an.
Du fühlst seinen Körper erschlaffen, erschlaffen.
Du schaust, dich wiegend, hinab auf den Menschen.
Denn du bist ein sehender Wurm.
Du nimmst sein letztes Blut zu dir.
In dir eine ferne Stimme, eine Frage: »Ich lebe?«
Dann ein Schrei: »Dort, dort, mein Körper!«

Der Körper des Menschen zerfällt zu Staub.
Du richtest dich auf, du schwebst hinaus.
Das Zimmer ist leer.

Erinnern

Es ist ein Schrei aus den Wolken.

Dir stehen die Haare zu Berge. Irgendwoher kennst du diesen Schrei. Doch eins ist sicher: Du hast ihn nie zuvor gehört.

Es ist ein Schrei aus alten Zeiten.

Nein, nicht alle jagten Fische über dem Wasser, es gab auch andere große Wesen. Du erinnerst dich an ihre rauschenden flatternden Schwingen. Und du warst damals noch so klein, so winzig klein und - befellt. Damals war deine Sprache ein Piepsen. Du erinnerst dich: Erst war da das Piepsen, dann der dunkle Schatten, der aus schwarzen Himmeln stürzende Schatten und schließlich der Schrei.

Jetzt hörst du ihn wieder. Es ist ein Schrei wie von Krähen, aber tiefer, aber lauter. Es ist ein Schrei, der mit Krallen kommt, der dich packen wird. Deine Haare stehen dir zu Berge in *dieser* Nacht unter dem bleichen Licht der Vollen Mondin. Du siehst die Sterne über dir. Dann ist da nur noch Schwärze, die die Sterne verdunkelt. Ja, so war es, du erinnerst dich daran, wie es damals war. Damals, wie weit war doch noch der Weg zum Menschen!

Und über dir aus dunklen Wolken stieß herab der schwarze Schatten, aus schwarzem Himmelsmeer der Nacht herab. Krallendolche zerfetzten deine quiekenden, piepsenden Geschwister. So war es. Du erinnerst dich. Du aber hast überlebt und wunderst dich noch immer, wie du all die Äonen lang überleben konntest.

Ja damals, da waren wir noch spitzmausgroß, und niemand von uns konnte wissen, was werden, was uns die Zukunft bringen würde. Aus uns entstand der Mensch.

Und nun stehst du hier in der schweigenden Nacht und weinst. Weinend siehst du längst vergangene Bilder. »Doch warum jetzt? Warum jetzt dieses Erinnern?« Und während du dir diese letzte aller Fragen stellst, hörst du

Etwas über dir schwirren. Du schaust auf, schaust wieder empor ins Sternenmeer, wie damals.

»O mein Gott, nicht schon wieder!«, schreit es lautlos in dir. »Hört es denn niemals auf? Nein!« Du kannst dich nicht bewegen. Starr, gebannt siehst du die Sterne sich verdunkeln. Schreiend schaust du noch immer empor. Dann packen dich namenlose Krallen.

Stadt 5

Wieder bist du aufgetaucht aus deinen Träumen, erwacht in der Nacht dieser kleinen Stadt, heimgekehrt zu deiner Bank im Park. Über dir steht scheinbar still bleich und wachsend die Volle Mondin, deren Licht sich färbte von Blau zu Gelb zu Rot.

Anders siehst du jetzt die Welt. Ja, die Mondin blutet. Sie, deine andere Hälfte, die Frau, die alle Frauen der Erde begleitet, dreißig Jahre lang und mehr.

»Ach!, Volle Mondin, was singst du da in meinem Herzen? Dich bluten seh' ich in der Nacht!«

»Sabattu, Sabattu (böser Tag)!«, schreit irgendwo ein Mann in seiner Angst vor der Macht der Frau.

»Lass die Arbeit ruhen!«, singt leise eine Stimme in dir.

»Heute kämpfe nicht, denn deine Wunden bluten stärker! Setz dich und schau die Karawanen der Wüste, wie sie *ihrem* Ruf folgen. Dann bedecke deine Augen! Denn sie, die Mondin, nimmt dir deine Kraft zu sehen.

Und blind erblickst du nie mehr den Sonnenmorgen, denn blind finden dich deine Frauen bei Nacht, in dieser Nacht, die die ihre ist.

Dann zahlen sie dir alles heim.«

F R A U

Unrein

»Unrein«
nannten die Männer
dein Monatsblut
»Unrein!«

Sie sperrten dich ein
zitternd vor deiner Macht
in diesen deinen Tagen
zitternd vor dieser unersättlichen
Gier nach Lust

Der dritte Blitz

Endlich hatte er sie gefunden, die Frau seiner Träume. So glaubte er zumindest. Doch noch mehr: An diesem Abend würden sie sich näherkommen. Das fühlte er, ach, er wusste es ja, so würde es sein. Und nichts konnte sie jetzt mehr daran hindern.

»Gehen wir zu mir!«, raunte sie ihm flüsternd in sein linkes Ohr. Denn sie stand links neben ihm, auf der Seite seines Herzens, das nun für zwei schlug.

Er schloss die Augen unter dem Streicheln ihrer zarten Finger. Er schloss die Augen, als sie ihn in ihre Arme nahm. Sie ihn, nicht er sie, wie in all den schönen Romanen und Filmen. Zärtlich, voller Liebe war das Streicheln ihrer Finger über sein Haar, erregend, so erregend ihre Lippen, ihre Zunge an seinem linken Ohr, tiefer, tiefer wandernd an seinem Hals. Wenn sie ein Vampir ist, beißt sie jetzt zu, dachte er schaudernd und zitternd zugleich. Doch er hatte Glück (zunächst), denn sie war eine junge Menschenfrau, nicht weniger, nicht mehr. Und sein Verlangen wuchs und wuchs und ...

Blitz. Der erste Blitz, Gedankenblitz in ihm. Ihre Zunge in seinem Mund, seine in ihrem, Zungenspiel, die Lippen fest aufeinandergepresst, die Augen geschlossen, und dann dieser Blitz! Er reißt die Augen auf, er zieht seinen Kopf mit einem Ruck zurück. Dann schaut er sie an, sieht ihr Lächeln, ihre strahlenden Augen, sie glühen vor Liebe. Was war das?, will er noch stottern, denkt er nur kurz. Andere Worte beginnen in ihm zu sprudeln, andere Gedanken: Wird es wehtun?, denkt er ihr zu. Ach, welch ängstliche Menschen wir Männer doch sind. Werden da Schmerzen ohne Ende sein?

Der zweite Blitz. Ihr Flüstern in ihm: »O nein, es wird herrlich sein, ekstatisch und explosiv. So wird es sein, du wirst es nie vergessen.«

Dann liebten sie sich.

»Komm!«, sagt sie irgendwann, und nimmt ihn wie ein kleines Kind an die Hand. »Komm, es ist Zeit!« Sie führt ihn hinaus in sternenklare Nacht. Dort stehen sie still und stumm, nackt stehen sie dort, so wie sie aufstanden, nackt stehen sie dort wie zu Anbeginn und schauen empor.

Eine klare Sommernacht, denkt er, ich erinnere mich, der Titel eines meiner ersten Gedichte. Er und sie in Liebe vereint. Doch dann der Atompilz, das Ende, die Ewigkeit im Ende. Tod.

Was mag sie nun denken? Er weiß es nicht, die Verbindung ist unterbrochen. Jeder geht seinen eigenen Gedanken nach.

Sie nehmen sich wieder in die Arme. Er neigt sich hinab zu ihr. Sie legt ihre Stirn an die seine. Stirn an Stirn verharren sie. Und ihr sechstes Chakra, Ajna-Chakra, das Scheitelauge im Zentrum der Stirn öffnet sich: Ein blaues Leuchten, ein blauer Blitz, der dritte Blitz der Erlösung schießt von ihr zu ihm, in sein Hirn.

Erleuchtung, denkt er einen Augenblick lang, dann ist da nur noch Licht, gleißend blauweißes Licht, dann nur noch Schwärze. Sein Hirn brennt, verschmilzt zu nichts, verdampft.

Sie fängt seinen leblosen Körper auf und legt ihn auf die Erde, ins Gras der Wiese.

Drei Kerzen entzündet sie: Eine an seinem Kopf, die Zweite zu seinen Füßen, die Dritte hält sie in ihren Händen. So sitzt sie da im Lotussitz auf seiner linken Seite, wo sein Herz nun nicht mehr schlägt für zwei. So sitzt sie träumend da, und Äonen vergehen.

Zeitenstrom endet. Eine Träne fließt aus ihrem linken Auge. Eine Träne fällt ins Gras.

»Komm!«, ruft es in ihr, »komm!«

»Irgendwann werde ich kommen! Irgendwann!«, singen ihr Geist, ihre Seele, lacht ihr Ich ihm zu, »irgendwann ...«

Die Sichel

Dann erreicht dich der Ruf, der deinen Schädel spaltet oder das kleine / große Siegel dir bringt.

Du siehst sie: Frauen noch und noch, eine hübscher als die andere und - alle nackt. Sie kommen auf dich zu, näher, näher und immer näher.

Eine unter ihnen trägt etwas bei sich, das du nicht erkennen kannst. So viele Hände, die dich betasten, die dich greifen, ergreifen, die dich packen, die dich halten. Sie reißen dir die Beine auseinander.

Was tun sie nur?, denkst du. Ich bin doch keine von ihnen, und sie sind keine Männer. *Sie* müssten doch die Beine spreizen und nicht ich.

Dort finden sie das Objekt ihrer Begierde.

Jetzt erkennst du auch den Gegenstand. »O mein Gott!«, schreist du, und dein Körper windet sich voller Angst unter ihren festen Griffen.

Doch sie lassen nicht los. Und die erhobene Sichel saust herab und trennt es / ihn / den Mann in dir ab von deinem Körper.

Menstruation

O Schwester Nacht
nimm auf mein Blut
und höre mein Lied!
nimm auf
mein Monatsblut
das fließt hinab
an meinen nackten Beinen
und tropft
in Mutter Erde Schoß
so ruf ich dich
o Mondin

Stadt 6

Du schaust empor, der Mondin entgegen, die wächst und wächst. Jetzt füllt sie den Abendhimmel aus. Und sie wandelt sich in deinen Augen, in deinem Hirn, in deinem Geist, mehr als je zuvor, zu Blut! Welche Ströme, denkst du verwundert und erinnerst dich an Gebete und die Opfer, ihr zu Ehren.

Und noch ein Gedanke, so schnell wie ein Blitz aufgetaucht und auch schon wieder verschwunden: Die andere Seite der Mondin heißt Mond: Er ist es, der Vater aller Kinder, sein starrer Blick ist es, der dich (Frau) während des Schlafs entjungfert und dich schwanger werden lässt.

Schau den Mond! Jetzt wieder, von Zeit zu Zeit verschlingt ihn die große Schlange, um ihn langsam wieder auszuscheiden.

Sieh da! Das Tor zum Totenreich hütet ein Greis mit silbernem Stab in der Hand. Er lächelt und fragt: »Weißt du, wie ich einst begann?«

(Du schweigst.)

»Dann höre!«

Als Frau am Ruß im Gesicht des Mannes erkannte, wen sie jede Nacht geliebt, als Schwester den Bruder erkannte, flohen sie beide. Und die Schwester wurde zur strahlenden Sonne, und der Bruder zum Mond mit schmutzigem Gesicht.

Und auch Palolo, der Wurm, steigt auf in der Nacht, vom Boden des südlichen Meeres, wirft ab seine Hälfte dort unten, steigt auf an die Grenzen einer anderen Welt. Dort dann, zwischen Wasser und Luft, treffen sich die beiden Seiten, Eier und Sperma, und verschmelzen zu neuem Leben.

M O N D I N

Das Blut der Mondin

Das Blut der Mondin
fällt auf die Erde

Blutrote Strahlen
von ihm zu ihr zu ihr

Sterben wir Menschen nun?

Er betritt ihr Reich

Vollmond, Volle Mondin
Dort steht sie
über zahllosen Welten zugleich
Bete sie an!
Opfere ihr deine Kinder!
Denn sie spiegelt
das Licht der gelben Sonne
dieses einen gelben Sonns!

Irgendwie war er in die Dämmerung des schwinden-
den Tages gegangen. So gelangte er in diese Welt der
ewigen Nacht. Und die Erinnerung an den Tag schwand.
Er sah sich um. Hier war das Ziel all seiner Wünsche.
Hierher war er gekommen, xxx (das Wort fiel ihm einfach nicht ein) zu finden. Weggehen würde er nie mehr
von hier.

Langsam sank er nieder in das hohe, warme, feuchte
Gras der Sommerwiese. Und er wunderte sich nicht, wie
denn Gras ohne Tageslicht wachsen konnte. Also war es
wohl kein Gras. Doch es fühlte sich an wie eine Wiese:
hoch und feucht und warm.

Er sah empor.

Vollmond, dachte er, noch immer sie mit männlichen
Namen rufend. Vollmond, die Zeit des Wahnsinns (denn
etwas drohte seinen Kopf zu zerreißen, etwas. »Aah!«,
schrie seine zitternde Seele - doch nun schweigt sie), die
Zeit der bläulich blitzenden Messer, die ohne Unterlass
stechen und schneiden in schreiend-kreischende Men-
schenopfer, die Zeit der Liebe und der Ekstase?

Vollmond, dachte er noch immer unter *ihrem* gespie-
gelten Licht. Bin auch ich gespiegelt, nur eines Mannes
Bild aus Sonnenwelt? Und *wer* bin ich dann dort?

Dann erloschen all seine Gedanken. Und er stand auf
und ging, ein »ewiger« Wanderer, durch die schweigende, singende Nacht, unter der Vollen Mondin dahin und

dem Rauschen entgegen, das er noch zu hören glaubte - ein Meeresrauschen, das Schlagen von Wellen an einen endlosen, verlassenen Strand. (Wie lange war es her, dass er das Meer zum letzten Mal gesehen hatte?).

Er sah ihn vor sich, während seine Füße dem Pfad folgten, dem »Leuchtenden Pfad« in die Ewigkeit folgten, wo ein anderes Meer, in dem alles ruht und wird und ist, auf ihn wartet.

Mein Weg, dachte er lächelnd, mein Weg.

Vollmond

»Vollmond wird sein
und ich werde beginnen
meine Reise«

sprach der alte Mann zu seinen Enkeln, einst, vor langer Zeit. Aufgebahrt lag er auf einer Wiese, am Rande des Waldes über einem Tuch aus Feuer, denn die Abendsonne färbte Rot noch röter. Seine Augen - Weg der fliehenden Seele - waren offen und starr.

Still kauerten wir - die ganze Familie war gekommen - in seiner Nähe.

Dunkler wurde es im Wald. Ein Mückenschwarm am Abend. Die Nacht rief ihre Geschöpfe, überall begann ihr Morgen. Unter den Steinen schossen gewaltige Kiefer hervor. Auch die Krebse des Landes, Asseln schlichen lautlos über die Erde. Überall glitzernde Spuren und die Schnecken selbst. Und Spinnen webten ihre Netze. Kühler wurde es nun - doch es blieb warm, denn es war ein milder Sommer -, als der Sonn langsam am Horizont versank. Still lag der Wald, bisweilen ein Ruf. Doch von der Wiese klangen zirpend und schrill Grillen- und Heuschreckenlieder. Seltsam, kein Wind, nicht der leiseste Hauch. So strahlten die Kerzen hell und ohne Flackern über Freund, den alten toten Mann.

»Vollmond wird sein; und ich werde beginnen meine Reise«, waren seine letzten Worte. Armer, alter, kranker Mann. Was hatte er da vor seinem Ende nur gefaselt? Nun blieb er doch bei uns. Doch seine Worte - urplötzlich hallten sie wider in unseren Ohren, wieder und immer wieder war da Widerhall. Denn dort, über dem Dunkel des Waldes ging auf die Volle Mondin, spiegelte blauweißes Licht vom Sonn zu Erde. Seltsam hell und bleich lag der alte Mann auf einem dunklen Tuch, nun waren die Farben entflohen.

Dann kamen die Nebel, aus dunkler Erde, weiß aus grau, empor in bleichem Licht, empor. Seltsam. Nebel hüllte den Alten ein, nur ihn, sonst nichts und niemanden. Rings um uns blieb die Luft klar in dieser milden warmen Sommernacht.

Und wir alle starrten ihn an.

Stille.

Die Tiere riefen nicht mehr. Und auch wir waren ein einziges Schweigen.

Dann ein Ton, tief, ein Dröhnen, ein Beben der Erde, schwoll an zu tausend Klängen, ein Sound, der uns zu Boden warf, uns zittern ließ. Da war ein Leuchten nun, ein rotes Leuchten im Nebel.

Von unten aus der Froschperspektive sahen wir empor, selbst erstarrt wie Leichen, ein Zittern in den Augen, eingehüllt vom brausend säuselnd singenden Klang.

Schrei!

Schrei durch Klang und Stille, Schrei aus den Höhen herab in unsere Tiefe.

Brach auf das Fleisch, das tote Fleisch, und schrie. Sanft und leise stieg auf ein weißes Leuchten, rasende Kugel aus Licht, aus zuckendem Fleisch geboren, stieg empor, unter sich ein Flammenmeer, schmelzender Körper des Toten, brennendes Tuch, rot und gelb und Feuer.

Wir sahen empor. Nicht heiß, nicht kalt, angenehm hell und klar wurde es in uns. Der Ton war verschwunden und mit ihm die Kugel aus Licht. Doch ein sanftes Singen klang nach. Wir standen auf, reichten uns die Hände zum Kreis, zum ersten Mal bewusst, reichten uns die Hände, du mir, ich dir, wir uns, standen im Kreis um ein schwarzes Loch, das da in der Erde qualmte. Glücklich waren wir, manche von uns zum ersten Mal überhaupt. Einfach nur glücklich und sprachlos vor Staunen gingen wir gemeinsam, frohen Schrittes singend, im Innern ein einziges Lied, zurück zu unseren Häusern.

Nun war nichts mehr wie zuvor, nichts mehr konnte heute sein, wie es gestern noch war. Ein Erlebnis stand dazwischen. Alles hatte sich gewandelt. Jetzt konnten wir sehen. Jetzt sahen wir neben uns Leben, wo vorher grau und grau und nichts gewesen war. Jetzt konnten wir fühlen und … lieben.

Nein, Angst vor dem Tod kannten wir nicht mehr. Denn eine Stimme in jedem von uns flüsterte von Zeit zu Zeit: »Vielleicht wird Vollmond sein, und ich werde beginnen meine Reise.«

Nachtrag

Nun fragst du wohl: »Wo gibt es das heute? Totenwache bei einem Alten. Die ganze Familie hält Wacht eine Nacht lang. Nein, das gibt's nicht mehr! Damals, ja vielleicht im Märchen. Heute aber stirbt bei uns niemand mehr. Heute sind wir jung und froh, auch die Älteren unter uns.

Und wo findest du noch Wald und Wiese?

Außerdem, wir haben ja gar keine Zeit mehr zum Sterben, erst recht nicht dafür, um andere Menschen, fremde, abgestellte Alte dorthin zu begleiten. Da würden wir gar das Sterben noch lernen!«

Aber nein! Auch heute gibt es Tote, mehr denn je, denn Milliarden sind wir. Doch mancherorts stirbt niemand mehr. Alles verdrängt, scheinbar vergessen, kommt manchmal empor in schreiender Angst, und schon ist da die letzte stille Wahrheit Tod.

Schwärmer

Irgendwann, irgendwo.

Irgendwie fiel er zu Boden, blieb besinnungslos auf dem Rücken liegen. Lange Zeit geschah nichts.

Dann war da ein Rauschen, dann begann es zu rauschen in den Ohren dessen, der ein wenig hören kann. Und es schien ein Flattern von tausend Flügeln dem, der hört. So hörte ich sie sich schwirrend erheben. Ich kam näher in meinem Traum. Und es wurde Nacht.

Bleich lag er da vor meinen Augen im milden Licht der Mondin, bleich und nackt. Kahl war sein Kopf, ganz ohne Haar, nackt auch sein Körper. Und wieder geschah das, was ich einst in einem anderen Traum vernahm. Jetzt aber sah ich es, jetzt, sah sie sich schwirrend und glänzend erheben, funkelnden Edelsteinen gleich aus dem Zentrum seines Bauchs aufsteigen - ein Strom ohne Ende.

Noch immer flattern Scharen von glühenden Schwärmern auf, schweben schlagend empor in die Nacht, der Mondin entgegen, die sie rief, die sie noch immer ruft.

Das muss ich mir genauer anschauen. Was kann schon passieren?, denke ich.

Also gehe ich noch etwas näher heran, sehe hinab auf seinen Bau..., sehe hinab in die Schwärze, in das schwarze Loch, das dort wartet (worauf? auf wen? - oder schläft es nur und träumt?), wo eben noch sein Bauch gewesen war.

»Schau!«, ruft etwas von unten inmitten des Rauschens, des Flatterns tausender Flügelpaare.

Ich bücke mich, beuge mich hinab in den flatternden Strom, um den Ursprung der Falter zu sehen, die mir nun um die Ohren schießen. So viele! So dicht! Wie seltsam scheint es mir, dass sie mich nicht berühren.

Da packt es mich. Ich falle und falle und falle.

Gleich wache ich auf mit einem Schrei auf den Lippen,

denke ich. Doch noch immer falle ich und beginne all-mählich zu begreifen, dass dieser Traum im Traum eines Traumes nie enden wird.

So falle ich durch sternenübersäten Raum, stürze der Vollen Mondin entgegen, meiner Göttin, die mich gierig zu sich ruft.

Werde ich sie jemals erreichen?

Und wenn, *was* wird dann mit mir geschehen?

Mondin

Wenn Wahnsinn fällt
aus Mondinlicht
und Ströme von Blut
steigen empor
von den Altären
ihren Durst zu stillen
dann ...

O Wanderer
bleibe fern
den steinernen Kreisen

Stadt 7

Dann begann er zu schreien. Dort draußen saß er, dort draußen saß er in der Nacht unter einer Platane. Was tat er dort so allein?

Er sah empor, schaute der Vollen Mondin ins Gesicht. Und noch etwas hatte sich verändert. Schau doch seinen aufgerissenen Mund, sein in Wahnsinn verzerrtes Gesicht und seine zu Berge stehenden Haare! Er schrie und schrie den nie endenden Schrei.

Und niemand hörte ihn, niemand sah ihn. Weiter leuchteten die Lampen. Autos rasten vorbei. Menschenschatten rannten vorüber. Die Stadt war tot.

Er aber hörte noch immer den Ruf der Mondin, schrie noch immer den lautlosen Schrei einer anderen Welt.

Mondsucht, die heilige Krankheit, heimgesucht vom Mond. Die Kraft der Vollen Mondin ist es, die dir deinen Verstand raubt, die da Worte von Dingen flüstert, die du niemals sahst, noch jemals verstehen wirst. Ja, einst schriebst du sie nieder auf Papier - du erinnerst dich! Dann rasten deine Finger über Tasten.

Nichts denkst du jetzt mehr. In dir treffen sich die Echos deiner Schreie und ihrer Rufe. Deine Seele fährt auf. »Ich komme«, ist alles, was sie stammelt.

Irgendwo anders in dieser Stadt.

Ein Penner in einem anderen Park. Einer unter vielen. Er summt ein Lied, ein sanftes Lied, summt sich ein Schlummerlied zur Nacht und sieht im Dämmerlicht der Lampen einen Mann auf einer Bank.

Froschperspektive.

Nein! Noch tiefer! Es ist, als säße er unter der Erde, im Kanal, so sieht er ihn. Es scheint, als schaue er aus der Unterwelt empor in die Menschenstadt. Er sieht ihn von hinten, von der Seite und von vorn, aber er schaut nicht in sein Gesicht, erstarrt nicht zur Säule aus Angst, trinkt weiter sein Blu... (sorry) Bier.

Er reibt sich - einen Augenblick verwundert - die Augen, verwundert über ein Bild, das er in diesem Augenblick auch schon wieder vergisst, so wie all die anderen Formen und Gestalten, die er einst mit verschlossenem Herzen und schlafendem Geist sah: Traumwesen, traumwandelnde Wesen - Penner, Makler und Touristen.

W A H N S I N N

Wahnsinn

»... Wahnsinn ist schrecklich ...«
Christian Heinrich Spiess

Falsch!
dachte ich
gänzlich falsch!

Wahnsinn ist schön!

»Schau mich an!
S c h a u m i c h a n !«
sagte ich lachend
und sah in den Spiegel

Er tat es
und trat heraus

Wahnsinn ist Liebe!

So sprang

So sprang
mein Herz
mir aus der Brust
und schrie
zuckend
in die Schwärze
des Morgens

Das Schwert aus Schwärze

Es trifft seinen Kopf.

Nein! Er fliegt nicht vom Rumpf, er rollt nicht zu Boden. Äußerlich ändert sich gar nichts (ist also nichts fürs Kino).

Doch er ist nur noch Schrei, ein einziger Schrei!

Ein Wahnsinnsschrei?

Nein, ein Schrei der Leere.

Frage ihn!

Er wird dich nicht verstehen.

Lange haben sie ihn untersucht, nichts fanden sie in ihm außer Leere. Nichts ist da irgendwo in ihm gespeichert bis auf den genetischen Code.

Er lebt.

Doch er redet nicht, er lacht nicht, er weint nicht. Er ist stumm.

Und leer blicken seine Augen ins Nichts.

Denn einst traf ihn das Schwert aus Schwärze.

Draußen

»Ich bin!«, brüllst du hinaus in die Weite.

Du hast es dir schon oft erträumt. Jetzt endlich ist die Zeit der Tat gekommen. Und du rufst es noch immer: »Ich bin! Ich bin!«, nun jedoch mit heiserer, krächzender Stimme.

Doch niemand hört dir zu.

So war es schon immer.

Wäre es nicht so, keiner verstände dich.

Jetzt brauchtest du Arme, die dich halten, den Schlag ihres Herzens, Brüste, die dich nähren.

Aber sie ist nicht da, Mutter, Geliebte, Frau. Niemand ist da. Allein schaust du dich um und siehst ...

Eine große Weite.

Wo bin ich?, fragst du dich, wer bin ich?

Draußen schreien die Felder der Angst, denn deine Füße treten sie nieder in rasendem Lauf. Dort bläst der Wind dir ins Gesicht, zieht weg, reißt fort dein Staunen.

Du aber hörst die Blätter der Bäume tuscheln, sie kichern dir Wahnsinn ins Ohr. Dann fallen sie in taumelndem Flug hinab, so gelb, so rot, so wunderbar bunt und - sterbend.

Das Gras der Ebene singt ein Lied dem großen roten Rund dort oben zu.

Vor dir, die Wälder, sie scheinen zu brennen.

In dir, in deinem Innern lebt niemand mehr.

Irgendwer könnte vielleicht sehen, wie da eine graue leere Hülle dem Feuer von Sonn und Wald entgegen wankt.

O mein Gott, schrie er jetzt, wäre er da: »Jetzt geht sie in Flammen auf, jetzt endet auch dies.«

Ich bin

Ich bin
der Schrei der Nacht

Über dir
schlagen
meine Schwingen

Spüre
das Wispern
meiner Regen

Das Flüstern
meiner Stimme
ist in dir

Ich bin
der Schrei der Weite
Reiße auf deine Haut
und trinke dein Blut

Komm!
Denn brennende Sehnsucht
ist in mir

Stadt 8

»Wohin gehst du?«, fragt dein sterbender Körper noch.

Doch sie (deine Seele) schwebt hinaus in die Nacht, den Sternen, der Vollen Mondin entgegen, die dich ruft, die dich ruft ohn' Unterlass.

»Ich komme!«, willst du schreien.

Doch sie haben dir deine Zunge genommen. Also schweigt dein Mund für immer. Und dein Herz steht still. Längst ist dein Körper kalt.

Dort unten, dort oben liegt er. Noch siehst du ihn auf deiner weiten Reise.

Weinend, denn er ist ja noch so jung, und singend zugleich verlässt du ihn.

Letzte Erinnerungen, Worte in dir:

»Werft alles ab, was euch hindert!

Werft alles ab, was ihr nicht hattet zu Beginn!

Dort drüben ist es ohne Sinn.

Ihr habt es nie gebraucht!«

N A C H T

Flieht!

Flieht!
Rettet euch!
Denn die bösen Götter des Himmels
die bösen, bösen Götter des Tages nahen
und mit ihnen die tödlichen Strahlen der heißen
brennend tötenden Weißen dort oben
Sprecht ihren Namen nicht aus
es bringt Unheil

Flieht
ihr Schwestern und Brüder
flieht in die Kälte unserer Heimat
in das schweigende singende Dunkel
unserer Mutter Nacht!

Nacht

Er atmete ein den Funkenstrom der Nacht aus Rauschen und Stöhnen. So stand er da, dort draußen, die Arme emporgehoben - allein.

Dann kam der Sturm, der blies ihn nicht fort, sondern hob ihn sanft empor. Und die Reise, seine Reise ins Nichts begann.

»Wo bin ich?«, rief es irgendwo tief in ihm, wie von fern.

Er aber wusste es nicht und würde es nie erfahren.

So trieb er dahin, von Stürmen getragen, von Winden verweht, einfach so dahin durch diese niemals endende Nacht.

Seine Braut

Ihr Ausruf, ihre Frage: »So alt bist du schon! Und du trägst keinen Ring?«

Da hob er seine Hände vors Gesicht und betrachtete still seine Finger. Tatsächlich, dort funkelte ... kein Ring.

»Oh« sprach er. »Wie Recht du doch hast, und doch ...«

Er nahm noch einen Schluck vom roten Wein und murmelte nur wenige Worte: »Ich brauche keinen Ring. Wozu auch? Meine Braut heißt Ewigkeit.«

Dann ging er hinaus in die Nacht und sah empor zu den Sternen. Voll und bleich stand dort oben ganz still die Mondin. Wolken rasten vorüber.

Er aber hob seine Arme empor.

»ICH BIN!«, schrie er - lautlos, wieder und immer wieder, »ICH BIN! ICH BIN! ICH BIN!« in die Schwärze dieser nie endenden Nacht.

Nacht in einem Dorf

Du bist eingekehrt in einem kleinen fremden Dorf. Ein Gasthaus wurde dir empfohlen. Du bist bereits zu Bett gegangen. Du schläfst.

Draußen bewegt sich ein Zug von Fackeln durch die Nacht. Und du erwacht vom Flackern an den Wänden schaust hinaus: »Was tun die da im Dunkeln?« Du musst es wissen. Blitzschnell kleidest du dich an, schleichst ihnen nach. Die Fackeln verlassen das Dorf, versammeln sich auf einer Lichtung im Wald, im Forst, in den toten Gerippen aus Holz.

Ein Wecker piepst. Die Töne kommen vom Ende deines linken Armes. Du schaltest die Armbanduhr ab. Blöder Traum, denkst du, von einem Fackelzug durch die Nacht. Du erhebst dich aus deinem Be ... Du bist auf einer Wiese. Also war alles doch kein Traum. Du versuchst dich zu erinnern: Fackeln vor dem Fenster - die Lichtung. Du schaust dich um. Du findest dich also wieder zurecht im Raum. Doch was ist mit der Zeit? Was ist geschehen?

Nebel in deinen Gedanken und völlige Schwärze. Muss eingeschlafen sein auf der Lichtung.

Also stehst du auf aus dem Gras der Lichtung, gehst wieder zurück zum Dorf. Es ist still. Nur die Hunde bellen. Du betrittst das Gasthaus und gehst die Treppe hinauf, betrittst dein Zimmer. Du setzt dich auf dein Bett, legst dich auf den Rücken, Tiefentspannung, jahrelang geübtes Yoga.

Du bist unendlich schwer. Der Strom der fragenden Worte erlischt. Du bist im All. Aus Schwärze steigen Farben auf. Du siehst die Fackeln in den Bäumen brennen. Du siehst tanzende Wesen in flackerndem Licht. Du siehst dich staunend mit offenem Munde! Und staunend siehst du dich sinken ins Gras. Du siehst den tanzenden Kreis dieser Wesen. Du siehst sie lachend zu dir kommen. Du fühlst tausend tastende Finger dich berühren, dich heben. Du erinnerst dich an den Druck ihrer Hände und an ihre zarten Stimmen.

Und du siehst *ihre* Augen vor dir, eine unter vielen, sie, die mit dir schwebt im Tanz der Paare hinauf ins Mondinlicht. Ihre Augen sind Wärme, Licht aus Schwärze, sind funkelnd sich drehende Kristalle. Ihre Augen sind Tiefe.

Du versinkst im Sternenmeer. Dort singen Gedanken, dort ist ein Strahl von Licht, der dir eine rote Sonne zeigt, den gläsernen schimmernden Körper in ihr.

Heimat singen ihre Gedanken in dir. Du hältst ihre Hände beim Tanz. Sie sind warm und zart, sanft streichelnd und pulsierend. Es sind zitternde tastende Finger, die deine Stirn berühren, Feuer auf deinen Lippen. Du erinnerst dich an das eine Wort: »Du.« Ein Wort von ihr, von dir, sich wandelnd im wirbelnden Ton zum wir. Du begreifst, sie ist deine Schwester.

Sie lächelt und nickt.

Schwärze …

Nun erinnerst du dich wieder an das, was du sahst. Dein Glück ließ dich alles vergessen. Du liegst entspannt. Nur so, in tiefer Versenkung konntest du dein Gestern finden.

Sie waren noch Menschen, als sie die Fackeln trugen. Da bist du dir ganz sicher. Erst beim Singen hatte der Wandel begonnen. Da wurden sie zu den schwebenden Wesen, die singend durch den Raum nach Hause tanzten.

Jetzt weißt du es: Irgendwann wirst auch *du* gehen.

Es ist ihr Lächeln, das dich ruft.

Es ist der Ruf der Weite, der Sternennacht.

Du verlässt das Dorf. Niemand ist zurückgeblieben. Die Hunde ziehen mit dir in die Stadt. Später hörst du es in den Nachrichten, siehst es im Fernsehen, liest es in der Zeitung:

Dorf verlassen!

Was geschah in dieser Nacht?

Mysteriös, geheimnisvoll, fantastisch!

Waren es UFOS, die die Bewohner aus ihren Häusern holten?

Du kennst einen Menschen, der weiß, was geschah. Aber du wirst schweigen. Niemand würde dir glauben, das ist gewiss. Und noch etwas ist dir klar, du möchtest nichts zu tun haben mit diesen lächelnden Menschen in weißen Kitteln, die in ihren Händen hinter dem Rücken verborgen Spritzen halten, um dich mit ihnen niederzustechen. Nein, niemals, nie.

Der Ton in der Nacht

Eine dunkle Gestalt steht dort am Rand einer Stadt.

Niemand außer dir sieht sie jetzt und hier bei Nacht.

Ein bleiches Gesicht schaut still empor ins Licht der Vollen Mondin. Fledermäuse - die Letzten - umschwirren, lautlos schreiend für Menschenohren, sein Haupt.

Du hast Recht, es könnte Dracula sein, der Vampir, eingehüllt in einen schwarzen Mantel verdunkelter Nacht, der leise weht im Winde. Aber er ist es nicht. Auch Nosferatu ist nicht sein Name.

Ist er überhaupt ein »Er« oder eine »Sie«, gar ein »Es«? Wer oder was ist er / sie / es?

Geben wir doch der dunklen Gestalt irgendeinen Namen, nennen wir sie ES.

Die Stunde naht.

Einst waren es die Zeiger, nun sind es die zitternden Punkte und Ziffern, die sich bewegen ohne Unterlass. Fast Mitternacht am Rand einer Stadt.

Da, eine Bewegung! Du siehst etwas Längliches aus seinem dunklen Mantel gleiten. Du siehst es schimmern in seiner rechten Hand, silbern glänzen im Mondenlicht. Ein Elbenschwert, denkst du.

Denn ES hält das leuchtende Ding hoch empor ins Licht der Nacht. ES hält es mit beiden Händen wie ein Schwert, erhoben zum fürchterlichen Schlag.

Doch es ist kein Schwert. Es ist eine silberne Flöte. Noch dringt kein Ton durch die Stille am Rande dieser kleinen Stadt. Noch sind die Kneipen voller Menschen, andere liegen schon in ihren Betten.

Nun führt ES die Flöte quer an seine Lippen.

Jetzt wäre noch Zeit. Aber kein Mensch außer dir sieht IHM zu, und du bist machtlos. Wären Menschen da, sie würden verwundert ihre hohlen Köpfe schütteln. Sie würden Finger an Stirnen tippen. Sie würden nichts verstehen. Und wäre da ein Mensch, nur einer unter ihnen, der es wüsste, er wäre starr vor Staunen, nichts würde er tun, gar nichts. Würde er überhaupt etwas denken? Doch, wie auch immer, nicht ein Arm, nicht der Mund, nichts würde sich an ihm bewegen. Was könnte er auch tun? Denn niemand hat die Macht, dem Einhalt zu gebieten, was jetzt geschieht. Denn ES, ein Wesen der Nacht, denn ES holt Atem. Denn ES bläst den einen Ton. Es ist ein Ton ohne Ende. Oder aber alle Dinge hallen in ihren leeren Räumen und hallen und hallen und hallen ewig nach ... ES bläst den einen Ton, und die Welt ...

Schau hin! Dir sei der Blick vergönnt, den keiner mehr sah. Du sollst sehen, was dort einst geschah.

Die letzten Bäume schrien auf. Ihre Zweige, ihre Äste, ihre Stämme, alles zerbarst bei diesem Klang. Und die Gräser zerfielen zu nichts. Und die Häuser der Stadt, aller Städte der Erde, lösten sich auf. Und die Menschen in ihren Betten, auf den Straßen und bei der Arbeit hielten einen Augenblick inne. Die meisten blieben stumm. Sie verstanden nichts. Einige schrien. Anderen rollten Tränen über die Wangen. Denn sie begriffen, dass ihre Welt zerfiel. Nur sie selbst blieben noch, um zu sehen. Dann verschwanden auch sie.

In unserer Stadt merkten es nur wenige. Die meisten lösten sich auf im Schlaf.

Nun siehst du ein kurzes Lächeln auf Seinem bleichen Gesicht. ES steckt Seine Flöte zurück. ES kniet auf der Erde, die langsam zerfällt. ES weint Tränen in die sterbende Nacht. Denn noch zieht ein Morgen herauf. Ein letzter Morgen einer toten Erde. OM singt eine Stimme aus / in Ihm.

Und die Räume beben. Die Erde zerfällt. Scheinbare Leere ist nun, wo eben noch ein Planet seine Bahnen zog.

Und Seine Tränen tropfen ins All. ES weiß, dass nichts vergeht, ES, aus dem die Dinge kommen, ES, das kein Mensch ist und kein Leben.

Und dann steigt auf aus dem ewigen Ton OM, den Seine Stimme noch immer singt, ein Lächeln, das ewige Lächeln der Erleuchtung, des Einverstandenseins, der Erlösung.

»WIR SIND!«, ruft Seine Stimme im polyfonen Chor.

Und ES verwandelt sich in eine leuchtende Kugel, die ewig ist in Raum und Zeit.

Aus Liebe

Alle wussten es, irgendetwas würde passieren. Diese Stimmung unter den Menschen!

So gingen einige zu dem weisen alten Mann, der mehr wusste als alle zusammen, der sehen konnte, was andernorts geschah und was geschehen würde. Sie gingen zu dem Alten, um ihn um Rat zu fragen. »Vater«, sprachen sie, »sage uns, was geschehen wird!«

Er aber hatte Tränen in den Augen. »Meine Kinder«, sprach er mit zitternder Stimme. »Bald werde ich gehen und nicht mehr wiederkehren, niemals mehr. Doch deshalb weine ich nicht, ich weine, weil auch ihr mit mir gehen werdet. Wir alle werden gemeinsam sterben.«

»Vater, sag' uns doch, was es ist, das uns vernichten wird!«

Und der Alte sprach: »O mein Gott, es ist doch die Liebe! Sie wird uns töten. So ist es, so ...

Stellt euch ein Wesen vor, das dort draußen lebt in der Schwärze des Alls, ein Wesen, das größer ist als unser Planet, größer als der Sonn und vor allem ungleich mächtiger. Wie einsam ES ist in seinen Träumen und wenn ES wacht, so einsam!

Und dann irgendwann trifft der Pfeil der Liebe. ES spürt das Andere Wesen von seiner Art.

Beide wissen voneinander, beide sind Feuer und Flamme. Und sie schicken ihr Sehnen hinaus ins All. Doch ihr Schrei ist Beben der Räume, und ihr Schrei ist Tod für tausend Sonnen. Hört, hört, hört, wie ES ES ruft!«

Wir brauchten nicht zu lauschen. Denn der Raum begann zu beben, in dem wir saßen, und auch die Erde unter unseren Füßen. Wir rannten aus unseren Häusern hinaus auf die Straßen und Felder.

Doch alles war vergebens, denn Sonn und seine Planeten, also auch unsere Erde, zerbarsten und wurden wieder zu kaltem Staub.

Ich schließe die Augen

Ich schließe die Augen. Ich höre das Rauschen des Laubes. Ich höre den Wind, der trägt mich hinfort. Ich öffne meine Augen nie mehr.

Ich falle durch Raum und Zeit. Ich beginne zu singen. Ich träume.

Ich träume im Dunkel. Ich träume von einer Welt aus Licht und Farben. Ich träume im Dunkel von Welten, die ich einst verlor. Ich träume im Dunkel leuchtende Träume.

Ich werde Licht. Strahlend bin ich in der Schwärze der Nacht.

Ich beginne zu flackern. Ich werde schwächer und schwächer. Ich falle zusammen. Ich sinke zu Boden, ich versinke in Erde. Ich werde zu Staub, der ich einst war. Ich erlösche im schwarzen Raum.

Wieder ist nur Schwärze, wieder ist Nichtdunkel.

Ich erhebe mich von den Toten. Ich wandle wieder unter den Sternen. Ich bin Schwärze in Schwärze. Ich beginne zu schreien: »Geboren!«

Dann trifft mich das Licht. Sterbend schmelze Ich-Schwärze dahin. Über-All ist nur noch Licht. Ich bin Licht, aus Licht geboren. Dann vergeht auch das Licht.

Ich war Mensch und starb. Ich war Licht und starb. Ich war Schwärze und starb. Ich beginne mich zu erinnern. Einst war ich anders. Ich erinnere mich.

Wieder werde Ich Teil meines Traumes. Wieder werde ich ich, ein Teil und doch All zugleich. Ich erhebe mich von den Lebenden und den Toten. Ich stehe auf aus Tod und Leben. Ich habe mich weiterentwickelt. Ich ...

Neugeboren stehe ich auf aus meinem Gestern. Neugeboren stehe ich auf und schreite in die Ewigkeit.

Während ich schwebe, treibe, enden alle meine alten

Träume in mir. Während ich schwebe, beginne ich zu erwachen.

Noch erinnere ich mich. Noch erinnere ich mich an einen meiner Träume. Dieser Traum war ein Universum voller Kälte. Ein Universum unter vielen. Eines, in dem nur wenig Wärme war. Ich habe es einst geboren. Seitdem lasse ich es den Kältetod sterben. Es stirbt, während Äonen vergehen. Es stirbt, während mein Traum endet.

Alles endet einmal, alles, was einst geboren wurde. Wusstest du das nicht?

Und doch ist alles, was je existierte, ist alles ewig. Weil es war, ist es. Alles ist. Deshalb weine nicht!

Deine Tränen werden vergehen, wie alles vergeht.

Deine Tränen werden ewig sein, wie alles ewig ist.

Du verstehst, während du vergehst?

So höre ich auf, meinen alten Traum zu träumen.

Und alle Welten enden.

So beginne ich zu erwachen. Ich erhebe mich von den Lebenden und den Toten. Ich stehe auf aus Tod und Leben. Ich habe mich weiterentwickelt. Ich ...

Ich bin, der sein wird, die sein wird, das sein wird.

Ich bin Anfang und Ende, alpha und omega.

Ich bin alles und nichts.

Oh, ich werde ...

Ein alter Penner (ohne Bär! und ohne Namen), ein alter Penner mit vollem schwarzweißen Bart war es, ein alter Mann mit einer Flasche - nein! kein Rotwein! - Bier in der Hand, der ihn fand am Morgen.

Noch immer saß der junge Mann, noch immer saß er auf der Stadtparkbank, noch immer allein. Noch immer sah er mit starren Augen in das Laubwerk dieser einen Platane, dort oben über ihm, noch immer sah er empor. Ob er wohl noch lebte und träumte?

»Mausetot!«, meinte der Alte und sah sich den jungen Mann näher an. »Mal seh'n, was der so hat!«

Ja, er fand viele Dinge, schon auf seiner Nase eine metallene Brille mit dicken, dicken Kunststoffgläsern, an seinem linken Arm eine schwarze Billigarmbanduhr aus Japan.

Und was fand er wohl in seinen Taschen?

Einen Schlüsselbund, zwei Schlüssel. Eine Brieftasche mit Euroscheckkarten und - auch Geld, erstaunlich.

Was noch?

Einen 16 Jahre alten - und was er nicht erfuhr, fast nie verwendeten - Führerschein der Klasse 3.

Das war alles, was er fand. Uhr und Geld nahm er. Alles andere ließ er dem Toten. Dann humpelte er zum Kiosk (weil Sonntag war) und kaufte sich 'ne Flasche Bier. Die trank er und auch die nächste und …

Er nickte ein und begann zu träumen. Seine Träume waren natürlich nur ein Teil des Ganzen, ein Teil des großen Traumes. Aber darüber machte er sich keine Gedanken. Er saß einfach nur so da, dort auf den Steinplatten der Fußgängerzone, denn es war Sommer und warm.

Langsam wurde es Morgen, begann der Tag zu dämmern. Noch schlief die Stadt. Und auch er schlief noch immer und träumte wilde wüste Träume.

E P I L O G

Weiße Wellenkämme brechen

Noch nie
sah ich das Meer so rot
Blut, Blut unserer Ahnen
Und die Himmel so blau?
So blau die Himmel
Und dann erst die Nacht!
Diese Nacht!
Das weiße bleiche Licht
der Vollen Mondin
Licht über Gicht
grau das Meer
und schwarz der Mantel
sternenübersät

Und ich verfluchte

Und ich verfluchte
mit dem Fluche des Schweigens ...
Und der Fluch traf ...
Und der Mond hielt inne
auf seinem Wege um den Himmel
und der Donner starb dahin
und der Blitz zuckte nicht mehr
und die Wolken hingen regungslos
und die Wasser strömten
in ihr Bett zurück und blieben darin
und die Bäume hörten auf zu schwanken
und die Wasserlilien seufzten nicht mehr ...
und ich blickte auf
zu den Schriftzügen des Felsens
und sie hatten sich verändert -
und sie bildeten das Wort:
Schweigen

Edgar Allan Poe

Nachwort

Alle Kürzestgeschichten und Gedichte im *Ruf der Mondin* spielen nachts bei Vollmond. Anstelle von »der Mond« verwende ich die weibliche Version »die Mondin«, anstelle von »die Sonne« »der Sonn«, dessen Licht die Erde befruchtet – Pflanzen wachsen lässt und Wärme liefert. Die Texte sind thematisch in acht Kapiteln angeordnet. In der in neun Teile aufgesplitteten Rahmenhandlung *Stadt* sitzt ein junger Mann träumend auf einer Bank im Park, wobei es sich um den Kolpingplatz in Kaiserslautern ganz in der Nähe der Wohnung des Autors handelt. In *Stadt 3* findet sich eine Aufzählung von Mondgöttern in verschiedenen Kulturen: mal männlich, männlich und weiblich zugleich oder weiblich.

Ruf der Mondin enthält zwischen 1983 und 1991 entstandene Texte. Die Zusammenstellung für dieses Buch vollendete ich im April 92, und am 7.8.92 erschien die Originalausgabe mit Literaturverzeichnis in einer Auflage von 518 Exemplaren.

Eine Überarbeitung für die E-Book-Ausgabe mit neuer Rechtschreibung erfolgte im Januar 2009. Leichte Veränderungen am Text nahm ich im März 2019 für die vorliegende Taschenbuchausgabe vor - Verbesserungen oder nicht?, das ist hier die Frage.

Ihr Dr. Rainar Nitzsche
Kaiserslautern
April 2017 und
März 2019

Fantastik und Fantasy von Rainar Nitzsche

Fantastische Kurzprosa

Ruf der Mondin. Lieder der Nacht. 62 Seiten, ISBN 9783980210256 sowie als Taschenbuch und E-Book erhältlich.

Im Licht der Vollen Mondin. 132 Seiten, ISBN 9783930304042 sowie als E-Book erhältlich.

Mondin-Schein und Sein. 176 Seiten, 50 handsignierte, nummerierte Exemplare, ISBN 9783930304127 sowie als E-Book erhältlich.

ATON Vater Sonn. Taggeschichten. 184 Seiten, 50 handsignierte, nummerierte Exemplare, ISBN 9783930304097 sowie als Taschenbuch und E-Book erhältlich.

Das Schlafende steht auf aus Seinen Träumen. Fantastische Kurzprosa. 204 Seiten, ISBN 9783930304776sowie als Taschenbuch und E-Book erhältlich.

Spiegelwelten deiner Seele. Spiegelgeschichten. 88 Seiten, 50 handsignierte, nummerierte Exemplare, ISBN 9783930304271 sowie als Taschenbuch und E-Book erhältlich.

Still riefen uns die Sterne. Kosmische Geschichten, 164 Seiten, 50 handsignierte, nummerierte und weitere Exemplare, ISBN 9783930304295 sowie als Taschenbuch und E-Book erhältlich.

Von Engeln, Erleuchtung und Ewigkeit. Meditative Kurzprosa. 3. überarbeitete Auflage, 149 Seiten als Taschenbuch, ISBN 9783741266621 und E-Book. Rainar Nitzsche / Harald Fuchs, 2. Auflage, 144 Seiten, ISBN 9783930304783.

Spinnentraumgespinste. Spinnenträume und Spinnenbegegnungen. 2. überarbeitete Auflage. 164 Seiten, ISBN 9783930304707 sowie als Taschenbuch und E-Book erhältlich.

Die Pfadwelten

Die fantastische Reise von Manfred, einem Magier mit der Fähigkeit sich in andere Lebewesen zu verwandeln. Sein Weg durch die Bioregionen der Erde: Suche nach seiner großen Liebe. Kampf mit einem schwarzen Wesen aus der Welt T-Her:

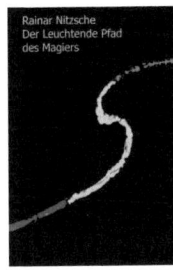

Der Leuchtende Pfad des Magiers. PFAD 1, 186 Seiten, handsigniert, nummeriert, limitiert auf 200 Exemplare, ISBN 9783930304035 sowie als Taschenbuch und E-Book erhältlich.

Wandlungen der Drei. PFAD 2. 194 Seiten, handsigniert, nummeriert: 50 Exemplare, ISBN 9783930304134 sowie als Taschenbuch und E-Book erhältlich.

Wüsten-Berges-Himmels-Weiten. PFAD 3, 180 Seiten, handsigniert, nummeriert, limitiert auf 50 Exemplare, ISBN 9783930304172 sowie als Taschenbuch und E-Book erhältlich.

Ins All - Im Eins. PFAD 4. 208 Seiten, handsigniert, nummeriert, limitiert auf 50 Exemplare, ISBN 9783930304141 sowie als Taschenbuch und E-Book erhältlich.

Der Schneckenkönig von Alexa E. Bach. Leben eines PFAD-Wesens. Suche eines intelligenten Schneckenwesens nach seinen Untertanen in einer menschenleeren Welt, die von Ameisenvölkern beherrscht wird. 76 Seiten, ISBN 9783842355873 und E-Book.

Lyrik von Rainar Nitzsche

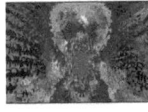

Ewig sein in Stille. Meditative Lyrik. Rainar Nitzsche / Berthold Mallmann, 122 Seiten mit 21 Grafiken, nummeriert, handsigniert, limitiert auf 50 Exemplare, ISBN 9783930304264. Neuauflage Taschenbuch Rainar Nitzsche ISBN 9783741261312 und E-Book.

Klang über den Meeren der Zeit. Harald Fuchs / Rainar Nitzsche. 72 Seiten mit 31 Grafiken, nummeriert, handsigniert, limitiert auf 313 Exemplare, ISBN 9783930304073. Neuauflage Taschenbuch Rainar Nitzsche ISBN 9783738643411 und E-Book.

OM oder Das Rauschen der scheinbaren Leere. Meditative Lyrik. 80 Seiten, nummeriert, handsigniert, limitiert auf 316 Exemplare, ISBN 9783930304028 sowie als Taschenbuch und E-Book erhältlich.

wir ... menschen der erde. Natur, Untergang, Hoffnung, Neuanfang, Aufbruch ins All. 72 Seiten sowie als Taschenbuch und E-Book erhältlich.

Die Zeit der Bäume. Rainar Nitzsche / Harald Fuchs, 60 Seiten mit 23 Grafiken, nummeriert, handsigniert, limitiert auf 304 Exemplare, ISBN 9783980210249 sowie als Taschenbuch und E-Book erhältlich.

Von Olaf Olsen* sind erschienen

Die Meere des Wahnsinns. 72 Seiten mit 23 Abb. von Dr. Rainar Nitzsche, ISBN 978-3-930304-30-1 sowie als Taschenbuch und E-Book erhältlich.

Höllen-Fahrten-Leben-Träume. Alltäglicher und wahrer Horror auf Erden und andernorts. Original: 156 Seiten mit 51 Abb. von Dr. Rainar Nitzsche, ISBN 978-3-930304-31-8 sowie als Taschenbuch und E-Book erhältlich.

ES bricht hervor aus dir. Horrorgeschichten und -gedichte. Das dritte Buch vom „Irren" aus der P(f)alz. Original: 102 Seiten mit 42 Fotokunstwerken von Rainar Nitzsche, ISBN 978-3-930304-49-3 sowie als Taschenbuch und E-Book erhältlich.

*: Ein Pseudonym von Rainar Nitzsche? Oder warum sind hier überhaupt seine Werke aufgeführt?